수신기
괴담의 문화사

搜神記

수신기
괴담의 문화사

김지선 지음

搜神記

뿌리와
이파리

일러두기

1. 본문 삽화는 『삼재도회三才圖會』, 『고금도서집성古今圖書集成』, 『산해경山海經』 등을 출처로 한 위키미디어 커먼즈의 퍼블릭도메인 도판을 사용했다. 그 외의 도판들은 출처를 표기했다.

2. 책명, 정기간행물, 신문 등에는 겹낫표(『 』), 편명, 논문 등에는 홑낫표(「 」), 영화와 애니메이션, 드라마 또는 노래에는 홑화살괄호(〈 〉)를 사용했다.

3. 중국어 인명은 국립국어원의 외래어표기법 세칙을 따랐고, 지명은 현재적 의미를 제외하고는 모두 한자음대로 표기하는 것을 원칙으로 했다.

4. 한자의 병기는 최초 노출 후 반복하지 않는 일반 표기의 원칙 대신 문맥의 이해를 위해 필요한 곳에는 반복적으로 한자를 병기했다.

괴력난신, 즐겁지 아니한가!

동진東晉 때 왕가王嘉가 쓴 『습유기拾遺記』에 따르면, 장화張華는 세상에 버려지고 사라진 문장들을 모아서 『박물지博物志』 400권을 썼다. 민간에서 떠도는 귀신 이야기와 기이한 사건들을 수집하여 400권이나 되는 장편의 서적을 편찬한 장화는 이를 진晉 무제武帝 사마염司馬炎에게 바쳤다. 그런데 『박물지』를 본 무제는 장화를 불러 꾸짖었다. 대부분 근거 없고 허황된 이야기이니 다 빼고 『박물지』를 다시 정리하라는 것이었다. 무제가 장화를 꾸짖을 때 근거로 삼은 것은 공자가 "괴력난신怪力亂神에 대해서 말하지 말라"고 한 말이었고, 기이한 이야기들이 사람들의 눈과 귀를 혼란하게 한다는 이유였다.

'괴력난신'은 기이하고 괴상한 일이나 현상, 귀신 이야기 등을 의미한다. 현실 사회의 질서를 중시하는 유교적 사유에서 이성으로 설명하기 어려운 괴력난신은 가장 위험한 개념 중 하나였다. 이성이 흔들리면 질서와 기강이 흔들린다. 무제는 통치하는 자의 입장에서 괴력난신의 이야기가 최대한 사람들에게 퍼지지 않기를 바랐다. 무제의 꾸짖음을 받은 장화는 『박물지』를 다시 정리하였다. 애써 모아서 400권으로 편찬하였는데 글을 버려야 한다니, 정말로 안타까운 심정이었을 것이다. 장화는 결국 10권으로 줄여서 무제에게 바쳤고, 10권으로 축약된 『박물지』가 지금까지 전해진다.

흥미로운 상황은 그 후에 벌어진다. 무제는 『박물지』를 항상 함 속에 두고 한가할 때마다 꺼내어 보았다고 하였다. 여기에서 두 단어에 주목해보자. 무제는 왜 『박물지』를 '함' 속에 두었고, 왜 '한가할 때'마다 『박물지』를 읽었을까. 함은 옷이나 물건 등을 담아두는 통을 가리킨다. 주로 뚜껑을 덮어서 쓰는 것이기에 소중하거나 남에게 드러내어 보여주기 어려운 물건을 담는다. 무제에게 『박물지』는 전자이기도 했겠지만, 후자일 가능성도 있다. 괴력난신의 이야기 모음집 『박물지』를 읽는다는 사실을 대신들에게 보여주고 싶지 않았을 것이다.

물론 민심을 시찰하기 위해서 읽는다고 하면 누가 뭐라고 할 사람은 없다. 하지만 함 속에 감춰둔 『박물지』는 무제의 숨겨진 욕망이다. 현실에서는 기강과 사회질서를 바로세워야 할 황제이지만, 황제 역시 기이하고 괴이한 이야기를 좋아하지 말라는 법은 없다. 그래서 무제는 늘 '한가할 때'마다 『박물지』를 읽었다. 바쁜 와중에 잠깐의 시간이 날 때, 사람은 최대한 재미있는 일을 찾아서 하려고 한다. 무제도 그러하였다. 휴식의 시간이 주어졌을 때, 무제의 머릿속에 가장 먼저 떠오른 것은 『박물지』였을 테다.

명明나라 사조제謝肇淛가 쓴 『오잡조五雜組』에 송宋나라 전사공錢思公은 앉아서는 경전과 사서를 읽고 누워서는 소설을 읽었다고 하였다. 사대부가 경전이나 사서를 읽는 것은 당연한 일이다. 경전이나 사서를 읽어야 과거도 볼 수 있고, 관직에 오를 수 있고, 현실에 참여하는 기본을 쌓을 수 있다. 하지만 그것은 '앉아 있는 시간'에 한정된다. 종일 경직된 자세로 어려운 독서를 하며 일을 할 수는 없다. 반드시 휴식의 시간이 필요하다. 휴식은 주로 누워서 육체의 피로함을 푸는 형식이 된다. 이때 재미있는 소설을 읽으면 휴식의 즐거움은 배가 된다.

물론 소설은 현실에서 아무런 힘도 발휘하지 못한다. 이른바 '소설 나부랭이'라는 것이 돈이 되거나 권력을 가져다주지는 않으니까. 그래서 장자莊子는 관직을 얻거나 큰 뜻을 펼치는 데에 소설은 별로 도움이 되지 못한다고 하였다. 사실을 말하는 것이든 지어낸 것이든 허황되게 부풀린 것이든 이야기는 그냥 이야기일 뿐이지만, 또한 호기심이고 욕망 그 자체다. 셰에라자드가 죽음에서 벗어나기 위해 밤마다 샤리아르 왕과 사투를 벌일 수 있었던 무기 역시 '이야기'였다. 더 듣고 싶은 욕망, 결말을 알고 싶은 궁금증은 인간을 이야기에 빠져들게 한다. 장화를 꾸짖긴 했지만, 무제 역시 『박물지』의 매력에 빠질 수밖에 없었다. '함'은 무제의 내밀한 욕망을 숨겨주는 공간에 다름 아니다.

간보干寶의 상황도 장화와 다르지 않았다. 『수신기搜神記』를 쓰기는 썼지만, 막상 쓰고 나니 곤혹스러웠다. 쓰면 안 되는 글이었기에 유학자들의 비난을 받을 걸 알았는지, 서문에서 부지런히 변명을 하였다. 간보는 서문에서 귀신 세계가 거짓이 아니라는 것을 밝히기 위해 이 책을 썼다고 하였다. 『진기晉紀』20권을 쓴 사관이 왜 황당무계한 이야기 모음집 『수신기』를 썼는지 그 이유를 해석하기 위해 학자들은 논쟁해왔다. 당시 사람들이 무지몽매하여 귀신 이야기나 미신을 진짜라고 믿었고, 간보는 사관이기에 귀신 이야기를 '사실'로 간주하고 역사를 기록하듯 『수신기』를 썼을 것이라고 하였다.

하지만 서문에서 간보가 정말로 말하고 싶은 메시지는 따로 있었다. 『수신기』의 서문을 살펴보면 알 수 있다.

비록 서적에서 선인이 남긴 뜻을 살피고, 당시 민간에서 떠도는 이야기들을 수집하였지만, 내가 일일이 직접 보고 들은 것이 아니니 어찌 사실과 어긋나는 내용이 없다고 할 수 있겠는가? 『춘추春秋』에서 위衞나라 혜공惠公 위삭衞朔이 군주의 지위를 뺏겨 달아난 일을 기록하는 데에 「공양전公羊傳」과 「곡량전穀梁傳」에서 각각 서로 다른 내용을 기록하였고, 사마천司馬遷이 강태공姜太公 여망呂望이 주周나라를 섬기게 된 일을 『사기史記』에 기록할 때도 두 가지로 전해지는 내용을 모두 기록해 넣었다. 이와 비슷한 일은 늘 있었다. 이렇게 볼 때, 보고 들은 바를 제대로 기록하기 어려운 것은 오래전부터 그래왔다.

나라에서 일어난 사건들을 공문으로 기록하거나 나라의 역사를 쓴 서적에 근거하여도 여전히 이와 같은데, 하물며 이런 책이야 오죽하겠는가. 천년 전의 사실들을 우러러보며 서술하였고, 각기 다른 풍속에 전해지는 이야기들을 기록하였으며, 손상되거나 완전하지 않게 전해지는 옛 서적에서 단편적으로 전해지는 문장들을 수집하였다. 어르신들을 찾아 옛사람의 언행과 사적에 관해 물었고, 전해지는 이야기와 다르게 전해지는 내용은 없는지, 이야기가 전해지면서 표현상 달라진 점은 없는지 확인한 다음에야 믿고 기록으로 남겼다. 이는 진실로 옛사람이 역사를 기록할 때와 똑같은 고질적인 문제다. 그러나 나라에서는 주注를 달고 역사를 기록하는 관리를 없애지 않았고, 학자들은 사서의 기록을 읊고 읽는 일을 그만두지 않았다. 그러니 사실에 어긋나는 내용은 적고, 보존할 만한 문장이 어찌 많지 않겠는가?

지금 수집하여 기록한 문장 중 선인의 서적을 이어받는 데에 잘못이 있다면, 그것은 내 잘못이 아니다. 만약 가까운 과거의 일을 묻고 수집한 것 중에 잘못이 있다면, 선현과 전대 유학자들과 함께 비난을 받고자 한다. 또 이 책은 신선과 도교의 이야기가 허황된 것이 아님을 밝히기에 족할 것이다. 여러 말과 백가百家의 서적을 다 듣고 볼 수 없고, 듣고 본 것을 일일이 다 기록할 수 없다. 그저 대략이나마 이야기를 모아서 팔략八略의 뜻을 풀어내었더니, 작은 이야기[微說]가 되었을 뿐이다. 장차 기이한 이야기를 좋아하는 학자들이 책의 본뜻을 잘 이해하고, 마음 편하고 눈 즐겁게 읽으면서 책에 대해 탓하거나 원망하지 않기를 바란다.(『수신기서搜神記序」)

간보는 장화처럼 세상에 버려지고 떠돌아다니는 이야기들이 사라지는 것을 차마 두고 볼 수 없었던 것이다. 비록 기괴한 내용이지만, 이야기들이 흩어지지 않게 열심히 수집하고 기록하였다. 그런데다 수집하여 정리하고 보니 본인도 어찌할 바를 몰랐다. 지금까지 듣지도 보지도 못한 이 기이한 책을 무엇이라고 정의내릴 것인지 확신할 수 없었다. 그래서 간보는 『수신기』를 '팔략八略'과 '미설微說'이라는 단어로 소개하였다.

한漢나라 유흠劉歆은 당시 서적을 모두 칠략七略, 곧 일곱 가지로 분류하였다. 칠략은 집략輯略, 육예략六藝略, 제자략諸子略, 시부략詩賦略, 병서략兵書略, 술수략術數略, 방기략方技略으로 나누어진다. 이때만 해도 소설이라는 장르에 대한 인식이 없었다. 『수신기』는 기존의 서적 분류에서 그 어디에도 속하지 못하는 희한한 서적이었다. 그래서 간보는 기존에는 볼 수 없는 새로운 장르라는 의미로 『수신기』를 여덟 번째 장르, 즉 '팔략'이라고 소개하였다. 또 쓸데없고 잡다한 이야기 모음집이라는 의미로 『수신기』를 '미설'이라고 설명하였다. '미微'는 작고 자질구레하다는 뜻으로, 미설은 곧 작은 이야기 '소설小說'과도 의미가 통한다.

그러고는 서문의 끝자락에서 당부한다. 의미 없는 자질구레한 이야기이고, 기존의 어느 장르에도 속하지 못하는 서적이지만, 이 이야기들이 사실인지 아닌지 따지지 말고 그저 즐겁게 읽으라고 말이다. 사실 이 말이 핵심이다. 호사가들이 좋아할 만한 가벼운 이야기지만, 간보는 『수신기』를 쓰면서 사람들이 이 책을 좋아할 것을 알았다. 자신도 문장을 정리하면서 즐거웠을 것이다. 경전과 사서는 그 나름대로 묵직하고 엄숙한 의미가 있지만, 소설은 소설대로 가벼운 의미가 있다. 가볍다고 하여 소설의 가치가 떨어지지 않는다. 소설은 그 가벼움 때문에 오히려 사람들에게 크고 무거운 의미로 다가온다.

한때 '소설이란 무엇인가'에 대한 논쟁이 뜨거웠던 시절이 있었다. 학교 교육에서 끊임없이 소설의 기본 개념을 설명하였고, 소설에는 당연히 인물·배경·갈등·플롯·시점 등의 요소가 있어야 한다고 배워왔다. 소설을 설명하는 기준은 늘 서구 문학에서 말하는 소설, 즉 노벨/픽션novel/fiction이었다. 소설은 작가의 상상력 또는 사실에 바탕을 두고 주로 허구로 이야기를 꾸민 산문체의 문학 양식으로 정의된다. 소설의 기준을 노벨/픽션에 두면 『수신기』는 소설이 아닌 게 된다. 개연성 있게 인과관계로 서술되는 이야기도 아니고, 갈등이나 반전 같은 요소도 찾아보기 힘들다.

짧은 이야기들이 이어지지만 서로 연결되는 지점이 없고, 어떤 이야기에는 특정한 사건조차 일어나지 않는다. 이야기의 중심이 사람이 아니라 귀신이거나 동물, 심지어 사물일 수 있고, 인물의 성격도 전혀 입체적이지 않다. 기승전결의 흐름이나 반전을 통한 재미도 찾아볼 수 없다. 낯설고 생경한 만큼『수신기』를 즐겁게 읽기 어려운 독자들이 있을 수도 있다. 하지만 재미의 요소를 다르게 두고 열려 있는 마음으로 읽는다면,『수신기』에서 아주 색다른 맛을 느낄 수 있다. 그 옛날 진晉나라 무제가 함 속에 두었다가 한가할 때마다 꺼내어 보았던 것처럼, 우리 역시『수신기』를 통해 마음의 안식을 얻을 수 있는 것이다.

괴력난신을 표방한『수신기』는 시작부터가 판타지다. 사실에 바탕을 두고, 현실에서 일어날 법한 이야기를 허구로 가공하여 보여주는 리얼리즘 문학과는 시작점부터 다르다. 그렇다고 판타지가 도피 문학이라는 의미는 아니다. 명나라 원우령袁于令은「서유기제사西遊記題詞」에서 "가장 환상적인 것이 가장 진실한 것이고, 가장 환상적인 이치가 가장 진실한 이치"라고 하였다. 신나는 모험 이야기인 줄 알았던『서유기』가 궁극적으로 완성을 향해 나아가려는 수련의 과정을 나타내는 것처럼,『수신기』는 기괴함과 황당무계함을 통해 인간의 모습과 사회상을 말하고, 죽음과 타자에 대한 인식을 드러낸다.

명나라 호응린胡應麟은『소실산방필총少室山房筆叢』에서 괴력난신의 이야기는 음란한 소리나 화려한 색채와도 같아서 싫어하지만 좋아할 수밖에 없다고 하였다. 괴이한 이야기, 호기심을 자극하는 이야기는 인간의 욕망이고 본능이라는 것을 인정한 말이다. 고아한 군자들이 괴력난신의 이야기를 허황되다고 공격하였지만, 그들도 다

『수신기』를 읽었다. 밤이면 몰래 펼쳐보고, 글을 쓸 때 인용하기도 하였다. 아무리 금지하여도 괴력난신의 이야기는 사라질 수 없었다. 사라지기는커녕 날로 성행하여 지금도 우리는 괴담을 즐기고 판타지 소설에 열광한다.

　『수신기』는 1500년이 넘도록 사라지지 않고 지금까지 살아남은 고전이다. 이제껏 살아남아 전해지는 데는 『수신기』만의 특별한 의미나 가치가 분명 있다는 말이다. 『수신기』는 인간이 사는 세상 저 너머의 세계에 대해 우리에게 말한다. 거기에는 귀신들이 살고 있고, 온갖 모습으로 변신하는 동물과 요괴가 깃든 사물들이 살아 움직이고 있다. 『수신기』는 그들을 경계선 밖으로 밀어내지 않고, 따뜻한 시선과 연민으로 끌어안는다. 우아함이 아니라 기괴함으로 세상을 말하지만, 그 역시 세상을 이해하는 방식 중 하나다. 그러니 간보의 당부대로 우리는 『수신기』를 즐겁게 읽어주면 된다. 그것이 간보가 원하는 독서일 테니까.

차례

제1장

신神:
절대신과 인간
그 사이

신의 영역

간보가 살았던 위진남북조는 왕조의 분열과 통합이 끊임없이 이어지는 시대였다. 오랜 세월 대분열의 양상을 띠었던 위진남북조 시기는 엄격하게 말해 통일된 집권적 중앙정부가 존재하지 않았다. 이민족이 중국으로 유입해 들어왔고, 전쟁을 피해 북방의 귀족들이 양쯔강 유역으로 피신해갔다. 명교名敎에 반대하며 노장老莊사상을 바탕으로 유가의 경서들을 해석하는 현학玄學이 유행하였고, 도교와 불교가 서로 세력을 키우기 위해 격렬한 논쟁을 이어갔다. 위진남북조는 그야말로 혼란과 갈등의 시대라 할 수 있다.

정치적 혼란은 지배이데올로기의 붕괴를 초래하였다. 유교의 통제와 금기가 느슨해진 시기에 사상적으로 자유분방한 정신적 토양이 마련되었다. 수많은 학자나 학파가 자신들의 사상을 자유로이 논쟁하였던 백가쟁명百家爭鳴이 춘추전국시대에 나온 것을 보더라도 전쟁은 사상, 문화, 예술 방면들의 변화를 불러오는 계기가 된다. 무질서의 또다른 이름은 '자유' 아닌가. 이처럼 유교의 억압이 약해지고 도교와 불교의 기세가 높아지던 시대에 하나의 틈을 비집고 지괴志怪라는 장르가 나오게 되었다.

지괴란 괴이한[怪] 이야기들을 기록하였다[志]는 뜻이다. 일찍이 공자가 괴력난신에 대해 언급하지 말라고 하였으니, 공자가 아마도 위진남북조시대에 다시 살아났다면 지괴의 불경함을 보고 통탄하였을 터이다. 괴력난신이야말로 지괴를 관통하는 커다란 주제가 아닌가. 당연히 지괴와 같은 작품들은 황당무계하다는 이유로 천시되고 비판의 대상이 되었다.

하지만 타나토스Thanatos, 즉 죽음과 파괴에 대한 인간의 욕망은 본능적이다. 인간은 가보지 못한 곳을 늘 동경하고, 가보지 못한 곳이기에 저승과 죽음, 귀신의 세계에 대해 무한한 상상력을 펼쳐내고자 한다. 괴력난신은 공포심과 호기심 그 사이에서 끊임없이 인간의 정신을 끌어당긴다. 알지 못하는 미지의 세계에 대한 상상력은 인간을 사유하게 만든다. 인간은 감각이나 지각, 기억, 경험 등을 통해 불가사의하고 놀라운 현상을 해석하고자 한다. 지괴는 타자의 세계에 대한 이해를 이야기의 형태로 풀어낸 것이라 할 수 있다.

『수신기』는 그런 지괴 중 한 작품이다. 제목을 풀이하자면 '신'들[神]에 속하는 사건이나 이야기를 수집하여[搜] 기록한[記] 책이라는 뜻이다. 지괴에는 『수신기』 외에도 『술이기述異記』, 『현중기玄中記』, 『유명록幽明錄』 등의 작품이 있다. 『술이기』는 이상한 이야기를 기록하였다는 뜻이고, 『현중기』는 오묘한 세계에 대해 기록하였다는 뜻이며, 『유명록』은 이승과 저승의 이야기를 기록하였다는 뜻이다. 신神, 이異, 현玄, 유幽 등 작품 제목에 들어간 단어들은 대부분 인간이 이성으로는 지각할 수 없는 타자의 세계를 나타낸다.

이 책을 읽기 전, 한 가지 짚고 넘어가야 할 점은 간보가 수집한 이야기의 범주, 즉 『수신기』에서 '신神'의 영역을 어디까지로 볼 것인가다. 흔히 신화神話라고 하면 신들의 이야기 정도로 생각한다. 신은 자연스럽게 절대적 권위를 지닌 존재로 이해된다. 이원적 사유에 토대를 둔 서구의 신, 종교 등의 개념이 유입된 결과이다. 하지만 동아시아에서 신은 절대적 권능을 가지고 인간 위에서 군림하는 초월자가 아니다. 제우스나 아테나, 포세이돈 등과 같은 신의 모습을 『수신기』에서는 찾아보기 힘들다.

대신 속세를 초월하여 유유자적하게 살아가는 신선들이 있다. 그들은 인간 위에서 군림하지 않고, 때로 인간 세상에서 신분을 숨기고 살면서 따뜻한 마음으로 인간을 돕기도 한다. 천년 묵은 여우는 하늘과 소통하는 신이 되고, 호랑이나 돼지가 사람으로 변신하여 인간과 교감한다. 나무에도 혼이 있어 도끼질하면 피를 흘리고, 인간보다 더 예절을 지키는 벌레들의 세계도 있다. 베개나 주걱 등 일상의 사물들도 저마다 실체가 있어 서로 대화하고 만나서 술을 마시기도 한다. 『수신기』가 다루는 신의 세계는 거룩한 신성이 아니라 이승과 저승, 온 우주에 존재하는 만물이다.

그리스 신화에 익숙한 독자라면 『수신기』에서 그려내는 신들의 이야기가 낯설 수 있다. 낯설 뿐 아니라 화려하지 않고 심심한 맛에 실망할 수 있다. 하지만 길가에 박혀 있는 돌 하나, 무심코 눈앞을 날아가는 나비 한 마리, 이 모든 존재가 신비로운 대상이고 이들을 신으로 바라보는 것이 『수신기』다. 그러니 흔한 풀 한 포기라도 내 마음대로 뽑거나 벌레 한 마리도 죽일 수 없는 노릇이다. 온 세상을 신비하고 오묘함의 시선으로 바라보고 인간이 타자와 조화롭게 살아가고자 하는 의지, 그것이 동아시아 판타지를 읽는 묘미가 된다.

신선의 세계

『수신기』권1은 신선들의 이야기로 시작된다. 이는『수신기』가 유교보다는 신선 사상, 도교를 추앙하고 있음을 보여주는 설정이다. 신선을 뜻하는 단어 '선仙'이 '선僊'으로 쓰이기도 하였는데, 신선을 '산 위에서 사는 사람'으로 상상하고 있었음을 보여준다. 신선은 거룩하고 성스러운 절대신, 'God'과는 다른 의미를 지니는 자이다. 올림포스산의 신들처럼 인간 위에 군림하는 신이 아니다. 절대신과 인간의 중간에 속하면서 영원히 죽지 않고 유유자적하게 살아가는 신 혹은 사람이다.

흔히 신선이라고 하면 머리가 허옇고 인자한 미소를 띤 할아버지의 모습을 상상하게 된다. 인간 세상과는 격리된 산속에서 홀로 유유자적하게 살아간다고 알고 있지만, 신선은 신분을 숨긴 채 인간들과 함께 생활하고, 때로 인간에게 도움을 주기도 한다. 평범한 모습으로 살다가 한순간 시공간을 초월하기도 하고 모습을 바꾸어 나타나기도 하며 신비한 환술을 보여주기도 한다. 내 옆집에 신선이 살고 있다고 생각해보라. 외계인이 사는 것만큼 두근거림과 호기심을 주는 일이 아니겠는가.

신선의 능력 중 가장 중요한 것은 바로 '비상'이다. 허공을 날아올라가는 능력은 인간의 몸과 마음을 모두 초탈할 수 있다는 의미이다. 그래서인지 신선 사상은 새 토템과 강하게 연결되어 있다. 첨단 과학의 발달로 마음만 먹으면 어디든 날아갈 수 있는 근대 사회에서 새는 이미 신비한 능력을 지닌 동물이 아니다. 하지만 그 옛날 현실을 초월하고 싶은 인간의 욕망은 새를 숭배하기에 이르렀다. 새가 되어 날아가거나 아니면 새를 타고 날아가거나, 그것도 여의치 않으면 날개옷이라도 입고 날고 싶었던 것이 인간의 근원적인 욕망 중 하나였다.

혹은 그것도 여의치 않으면 몸을 직접 불에 태워 연기가 되어 하늘에 오르는 방법도 있다.

영봉자寧封子는 황제黃帝 때 사람으로 황제의 도정陶正이 되었다고 전해진다. 어떤 기인이 찾아와 영봉자에게 불을 다룰 수 있게 해주었는데, 그는 오색 연기를 피어나게 할 수 있었다. 기인이 오랫동안 불 다루는 법을 가르쳐주었더니 영봉자는 땔감을 쌓고 자신의 몸을 불살라 연기를 따라 오르락내리락하였다. 몸이 타고 남은 재를 보니 그의 뼈만 남아 있었다. 당시 사람들이 영寧 지역의 북쪽 산에서 장사지내주었기에 영봉자라고 부른다.(『수신기』 권1)

영봉자의 이야기에서 확인하듯, 영봉자는 처음부터 신선이 아니었다. 도정은 주周나라 때 도자기를 만드는 관직이었으니, 영봉자는 불을 다룰 줄 아는 자였을 것이다. 도자기를 만드는 것에만 초점을 두면, 영봉자는 단순히 장인 정도로만 생각할 수 있지만, 그 옛날 불을 다룰 수 있는 능력은 곧 엄청난 권력을 상징한다. 불은 도자기뿐 아니라 쇠를 달구어 무기를 만들 수 있는 능력을 인간에게 부여한다. 또 불은 단丹, 즉 불사약을 만드는 데에 중요한 요소이기에 영봉자는 처음부터 신선이 될 수 있는 자질을 갖추고 있었다.

그러던 어느 날 우연히 기인이 나타나 불에서 오색의 연기를 피우는 방법을 전수한다. 아마도 기인은 신선이었던 것으로 추정된다. 영봉자는 급기야 자신의 몸을 불태우고 연기를 따라 오르락내리락하는 경지에 이르렀다. 이때 연기를 따라 오르락내리락했다는 사실이 중요하다. 시간과 공간의 좌표에 묶여 있는 몸에서 완전히 해방되었음을 의미하기 때문이다. 에밀레종을 만들면서 일어난 인신 공양의 전설이 떠오르는 대목이다. 영봉자는 희생제의에 자신의 몸을 바침으로써 신선이 될 수 있었다.

『수신기』 권1 신선들의 이야기에서 반복적으로 발견되는 표현은 '오르락내리락하다'이다. 오르락내리락하는 것은 새처럼 하늘로 비상할 수 있는 능력을 지녔다는 뜻이다. 학을 타고 생황을 불며 날아간 왕자교王子喬나 용을 타고 사라진 도안공陶安公, 사문師門 등이 있지만, 하늘을 나는 동물의 힘을 빌리는 것 외에 신선들이 잘 다루는 능력은 비바람을 통제하는 것이다. 적송자赤松子나 적장자여赤將子轝, 팽조彭祖 등이 비바람을 타고 오르락내리락하였던 것은 현실을 초월하고자 하는 인간의 욕망, 도교적 상상력을 나타낸다.

그림 1-1 『삼재도회·인물』권10에 묘사된
왕자교의 모습. 흰 학을 타고 생황을 불며
신선이 되어 날아갔다.

　흥미로운 점은 신선들은 좀처럼 인간 세상을 떠나려고 하지 않
는 데에 있다. 신선은 크게 천선天仙, 지선地仙, 시해선尸解仙으로 구
분되는데, 천선은 주로 천계에 머무는 신선, 지선은 명산에서 노니
는 신선, 시해선은 인간이 죽은 뒤에 허물을 벗고 신선이 된 경우다.
신선 설화가 형성되던 초기에는 천선 관련 이야기가 많았으나 후기
로 갈수록 지선이 차지하는 비중이 많아진다. 신선의 낙원도 천상보
다는 지상 세계로 옮겨지는 경향이 뚜렷하다. 인간은 천상의 낙원을
동경하지만, 신선은 오히려 인간 세상을 강렬하게 갈망한다.

　너무도 완벽하고 흠결 없는 낙원을 생각해보자. 잠시는 행복할 수
있으나 아무런 사건 사고가 일어나지 않는 낙원에서 평생을 살아야

한다면, 지독하게 무료하고 지겨운 일이다. 물론 현실은 고통스럽다. 하지만 인간이 스스로 인간임을 자각할 수 있는 근거 중 하나는 고통이다. 영화 〈매트릭스The Matrix〉에서 첫 번째 매트릭스가 모든 인간이 고통 없이 행복할 수 있도록 설계되었지만, 인간이 받아들이지 않아 실패하고 말았다고 하였다. 인간은 누구나 행복하기를 바라지만, 반성하고 후회하며 고통을 느끼면서 살아가는 것에서 인간다움을 느낀다.

신선들은 아무래도 인간이 북적거리며 살아가는 세상을 포기하기 어려웠던 것 같다. 관선冠先은 휴수睢水 근처에 살면서 물고기를 낚으며 100여 년의 시간을 살았다. 물고기를 잡으면 놓아주거나 팔기도 하고 자기가 먹기도 하였다. 그저 평범하게 살아가는 어부의 모습과 다르지 않다. 악전偓佺은 괴산槐山에서 약초를 캐고 살면서 사람들에게 솔방울을 나누어주었다. 이 솔방울을 먹은 사람들은 모두 300세까지 살았다고 한다. 신선은 인간과 어울려 유유자적하면서 인간에게 도움을 주고 이타적인 행동을 하는 자들이었다.

신선은 가끔 인간의 이기적인 마음을 시험하기도 하였다. 때로 미천한 거지의 모습으로 나타나 인간에게 자신의 이기적인 내면을 마주하게 한다. 음생陰生의 이야기가 그렇다.

한漢나라 음생은 장안長安의 위교渭橋 아래에서 구걸하는 아이였다. 늘 저자에서 구걸하였는데, 저자 사람들이 싫어하여 그에게 똥을 뿌렸다.

잠시 후에 다시 나타나 저자에서 구걸하였지만, 옷은 오물이 묻지 않은 원래 그대로였다. 관리가 이를 알고 형틀로 묶어 차꼬와 수갑을 채웠으나, 계속 저자에서 구걸하였다. 관리가 다시 잡아서 죽이려고 하니 바로 사라졌다. 그에게 똥을 뿌렸던 사람들의 집이 저절로 무너져 열몇 명이 죽었다. 장안에 이런 말이 떠돌았다. "거지 아이를 보면 맛좋은 술을 주어 집이 무너지는 재앙을 막아라."(『수신기』권1)

사실 음생은 어떤 나쁜 짓도 한 적이 없다. 죄라면 그저 사람들이 많이 모인 저자에서 구걸한 것뿐이다. 사람들은 그런 그가 미워서 똥을 뿌리고 잡아다가 형틀에 묶어두었다. 하지만 음생은 유유히 빠져나갔고, 음생을 괴롭힌 사람들은 죽거나 재앙을 겪었다. 자신보다 비천한 사람을 무시하고 괴롭히는 집단적인 이기심이 응징되는 순간이다. 급기야 마을에서는 '거지를 만나면 잘 대접해주어라'는 속담까지 나오게 되었다. 겉모습만 보고 사람을 판단하고 무시하지 말라는 뜻이다. 그 사람이 신선인지 아닌지 상관없이 말이다.

신선 사상에서는 신선이 되기 위해 불사약을 먹는 방법도 중요하지만, 그보다 선한 마음을 가지고 자비를 베푸는 정신 수련이 더 중요하다. 갈홍葛洪의 『포박자抱朴子・내편內篇』권6 「미지微旨」에 "남의 행운을 즐거워하고 남의 고통을 가엾이 여기며 남의 위급함을 돕고 남의 가난을 구제해야 한다"라고 하였다. 불사의 방법을 터득했더라도 거만하고 이기적인 사람은 결코 신선이 될 수 없다고 명시하고 있다. 생전에 난폭했던 진시황秦始皇이나 한 무제武帝가 끝내 신선이 되지 못한 이유도 바로 여기에 있었다.

민간에서 바라보는 신선의 세계는 그런 것이었다. 남들보다 탁월한 능력이나 재주를 지녔으나 안타깝게 죽은 이들만이 신선이 될 수 있다고 믿었다. 달과 술을 사랑하는 자유로운 영혼의 소유자 이백李白이나 정치적 사건의 희생양이 된 양귀비楊貴妃 등이 신선의 계보에 들어갈 수 있었던 이유도 안타까운 죽음을 추모하고 기억하려는 집단의 심리에 있었다. 불사약을 구하기 위해 서복徐福과 삼천 동자를 봉래산蓬萊山으로 보냈다가 모두 죽게 만든 포악한 진시황은 이미 정신 수련에서 통과하지 못한 자다.

유황과 수은을 절대 비율로 섞어 엘릭시르elixir를 만드는 연금술사처럼 매혹적인 이야기가 아니다. 제우스가 번개를 내리치는 웅장한 광경이나 젊고 아름다운 신들이 사랑을 나누는 낭만적인 장면도 없다. 우리네 모습처럼 평범한 생활을 하고, 가엾고 힘없는 사람들을 가끔 도와주었다거나 동물과 소통하며 잘 키워내었다는 신선의 이야기가 있을 뿐이다. 하지만 타인에게 은혜를 베풀고 선한 마음을 가져야만 신선이 될 수 있다는 이야기는 시시하면서도 충분히 매력적이다. 다르게 말하자면 나도 선한 마음을 먹으면 언제든 신선이 될 수 있다는 말이니까.

신비한 도술

신선의 경지에 오르지 않았지만, 신선이 되기 위해 도를 갈고 닦은 자들이 있다. 이들을 도사道士라고 부른다. 도사는 금단金丹을 만들거나 육체와 정신을 수련하는 등 신선술神仙術을 수행하는 자다. 그러면서 병을 치료하거나 사악한 기운을 내쫓거나 기우제 등의 제사를 지내기도 하였는데, 도교가 민간 종교와 결합하면서 도사는 거의 무당과 유사한 역할을 하였다. 도사가 부리는 주술, 부적, 주문 등은 때로 놀라운 기적을 만들어내고, 이는 환상 이야기의 좋은 제재가 되었다.

도사들이 부리는 주술은 비바람을 부리거나 용을 불러오는 신선의 능력에 미치지 못한다. 더욱이 무에서 유를 창조해내는 능력을 보이지도 않는다. 흔히 초능력이라고 하면 넓은 챙이 달린 고깔모자를 쓰고 커다란 나무 지팡이를 든 마법사를 익숙하게 떠올린다. 지팡이를 허공에 대고 흔들어 마음대로 신비한 마법을 일으킬 수 있는 마법사는 너무도 매력적이어서 영화나 게임, 웹툰 등에서 많은 주목을 받고 있다. 이에 비해 도사들의 주술은 소박하다. 주변의 사물은 무엇이든 가지고 와 신비한 광경을 만들어낸다.

오吳나라 때 서광徐光이라는 자가 있었는데, 일찍이 시장이나 거리에서 도술을 부렸다. 오이 파는 이에게 가서 오이를 구걸하였으나 주인이 주지 않았다. 서광은 바로 오이 씨를 찾아내어 지팡이로 땅에 구멍을 파고 씨를 심었다. 잠깐 사이에 오이 싹이 트고 덩굴이 뻗었다. 꽃이 피고 열매가 열렸고, 서광은 바로 오이를 따먹고 구경하던 이들에게도 나누어주었다. 오이 장수가 자기 오이를 팔던 곳을 돌아보니 오이가 다 사라진 뒤였다.(『수신기』 권1)

이 역시 음생 이야기와 비슷한 맥락이다. 서광은 자신에게 인색한 오이 장수를 골려주기 위해 잠깐 도술을 부렸다. 시간의 흐름을 거스르고 오이 씨가 그 자리에서 오이로 열리는 광경은 상상만으로도 신기하다. 서광은 순식간에 오이 열매를 맺게 하고는 오이를 혼자 다 먹지 않고 구경하던 사람들에게 모두 나누어주었다. 마침 오이 장수가 수레를 돌아보니 자신이 아끼고 아끼던 오이는 사라지고 난 뒤였다. 서광이 부린 도술은 순식간에 공간 이동이 일어나면서 잠깐 사람의 눈을 속이는 마술이 아니었을까.

도사들이 부리는 도술은 대체로 현실의 총량을 벗어나지 않는다. 일본 애니메이션 〈강철의 연금술사〉에서 언급되어 유명해진 '등가교환의 법칙'이라는 말이 있다. 연금술사인 에드와 알 형제는 죽은 어머니를 되살리기 위하여 인체 연성이라는 금기를 시도했다가 에드는 팔과 다리를, 알은 신체를 잃어버리게 된다. 이는 등가교환의 법칙이 적용된 결과다. 설령 인체 연성이 성공하더라도 죽은 어머니를 그냥 살려낼 수는 없다. 세상에 그냥 얻어지는 것은 없으니까. 무엇인가를 얻기 위해 반드시 대가나 희생을 치러야 한다는 법칙은 참으로 공평하다.

도술도 그렇다. 허공을 향해 주문을 외워 없던 사물이 갑자기 생긴다든가 죽은 자가 살아 돌아오는 능력을 보여주지 않는다. 대신 손에 잡히는 일상의 모든 사물이 도술의 근거가 된다. 현실의 총량은 그대로 유지하면서 종이나 돌, 나뭇조각 등 평범한 사물은 멋진 도술을 발휘하는 계기가 된다. 갈현葛玄은 갑자기 씹고 있던 밥으로 큰 벌을 만들어낸다.

갈현은 자字가 효선孝先으로 일찍이 좌원방左元放을 쫓아다니며 『구단액선경九丹液仙經』을 전수하였다. 하루는 어떤 나그네와 마주 보고 밥을 먹다가 조화를 부리는 일에 대해 말하게 되자 나그네가 말하였다.

"식사가 끝나면 선생께서 특별히 흥미로울 만한 기술 하나 보여주시지요."

"바로 보고 싶지 않으십니까?"

그러더니 갈현이 바로 입속의 밥알을 뿜어냈다. 그러자 밥알이 큰 벌 수백 마리로 변해 모두 나그네의 몸으로 모여들었지만, 사람을 쏘지 않았다. 한참 지나 갈현이 입을 벌리자 벌들이 모두 입으로 날아 들어갔다. 갈현이 씹어 먹으니 방금 뿜어내었던 밥알이었다.(『수신기』 권1)

『구단액선경』이 무슨 책인지 명확하지 않다. 단액丹液은 엘릭시르와 같은 황금액을 가리키는 말로 불사약을 만드는 경전이었을 것으로 추정된다. 신선술을 연마한 갈현은 도술을 궁금해하는 어떤 손님에게 입에서 씹던 밥알로 벌레를 만들어내는 도술을 보여준다. 하필입에 있는 밥알로 벌레를 만들다니 불결하고 기괴한 느낌을 지울 수 없다. 하지만 갈현은 대수롭지 않은 듯 밥알로 벌레를 만들었다가 다시 벌레를 불러들여 밥알을 마저 씹는다. 게다가 벌이 마치 지각이 있는 것처럼 알아서 인간을 공격하지 않으니 정말로 신비한 도술이다.

이는 손오공孫悟空의 도술에서 환상성이 극대화된다. 『서유기西遊記』 제2회 중 손오공이 혼세마왕混世魔王과 싸울 때다. 마왕이 강철칼로 손오공에게 덤비자 손오공은 즉시 털을 한주먹 뽑아 입안에 털어넣고 잘게 씹다가 훅 내뱉는다. 순간 털은 이삼백 마리의 꼬마 원숭이로 변신하며 마왕을 괴롭히기 시작하였다. 이를 신외신법身外身法이라고 한다. '몸 밖에 존재하는 또다른 몸'이라는 뜻으로 일종의 분신술이다. 작은 원숭이들은 손오공의 분신이 되어 자각하고 움직여 마왕을 공격하는 데 일조한다.

시간과 공간의 질서를 개방하고 해체하며 놀라운 환상을 보여주지만, 도사들은 자신의 이익을 위해서 도술을 이용하지 않는다. 더욱이 단순히 잔재주를 피우기 위해 도술을 부리지 않는다. 그들 역시 신선처럼 여러 사람의 이로움을 위할 때만 도술을 사용한다. 밥알로 벌을 만들었던 갈현은 오나라에 가뭄이 들자 토지신 사당에 부적을 붙여 큰비가 내리게 한다. 오맹吳孟은 돌풍이 불거나 강물이 불어나 사람들이 위험해질 때마다 부적으로 위기를 모면하고 사람들을 구해냈다. 진정한 도사라면 도술은 이타적인 일에만 쓰는 것이었다.

이는 도교의 교리를 집대성한 갈홍의 『포박자』에서 남의 불행을 돕지 않고 방술을 이기적인 목적으로만 쓰면 결코 신선이 될 수 없다는 사유와 연결된다. 보통 도교가 유교와 대척되는 지점에 있는 종교 혹은 사유체계라고 인식되지만, 이타적으로 살라는 지침은 궁극적으로 유교의 인仁, 불교의 보시布施와도 통한다. 사실 유교나 도교 혹은 불교를 서로 구분하고 논쟁하는 것은 크게 의미가 없다. 위진남북조라는 시대의 거대한 용광로 속에서 유불도儒佛道는 적대적인 관계를 보이면서도 서로가 융화되어갔기 때문이다.

수신제가치국평천하修身齊家治國平天下라고 하였다. 동아시아 철학에서 '나'는 원자적 자아가 불가능하다. '나'는 고립되어 살아가는 존재가 아니라 가족, 나라, 천하와 연결되어 공동체 속에서 관계를 유지하며 살아가는 존재다. 이는 동아시아 문화와 사유 속에서 태어난 우리의 숙명과도 같은 전제다. 상상력마저 공동체를 강조하고, 현실을 중시하며, 이타적 행동을 미덕으로 여긴다. 이를 굳이 장점으로 미화하지는 않겠다. 단지 동아시아의 상상력이 서구의 그것과 다른 결정적인 점이 여기에 있다.

귀신을 부리다

도사들의 신비한 도술 중 하나는 귀신을 조종하거나 죽은 혼을 불러들이는 것이다. 귀신이나 영혼은 저 너머의 세계, 죽음을 연상시킨다. 당연히 인간에게 두려운 존재가 된다. 그렇기에 부적이나 주문 등으로 귀신을 제압하고 무덤 속 상황을 훤히 꿰뚫고 있으며 죽은 혼을 불러들여 산 사람과 만나게 해주는 이야기는 일종의 위안이 된다. 이야기만으로도 인간은 죽음과 귀신을 극복할 수 있다고 믿을 수 있기 때문이다. 수광후壽光侯라는 도사는 귀신의 형체를 드러내어 죽음과 귀신에 대한 인간의 두려움을 없애준 자다.

수광후는 한나라 장제章帝 때 사람이다. 온갖 귀신이나 도깨비를 찾아내어 저절로 묶인 채로 형체를 드러내게 할 수 있었다. 고을의 어떤 부인이 도깨비 때문에 병에 걸렸는데, 수광후가 실체를 파헤치자 몇 장 길이의 큰 뱀이 문밖에서 죽었다. 그러자 부인의 병도 나았다. 또 어떤 곳의 큰 나무에 요괴가 있어 사람이 나무 아래에서 머물면 죽고, 새가 날아가면 떨어졌다. 수광후가 실체를 찾아내자 나무는 한여름인데도 말라서 잎이 떨어지고, 일곱이나 여덟 장이 넘는 큰 뱀이 나무 중간에 걸려 죽어 있었다.(『수신기』 권2)

무협 판타지에서 흥미로운 모티프 중 하나는 조요경照妖鏡이다. 요괴를 비추는 거울이라는 뜻이다. 만물에 영혼이 깃들어 있다고 믿는 애니미즘animism이 도교 사상과 결합하면서 도교적 상상력이 더욱 풍부해졌는데, 도교에서 사물에 깃든 요괴의 실체를 밝히는 데에 거울은 매우 중요한 수단이었다. 거울은 사물을 비추는 기능을 한다. 상상력은 여기에서 시작된다. 거울이 단순히 외형을 비출 뿐 아니라 외형에 숨겨져 있던 실체까지 비추어낼 것이라는 상상력이 거울을 더욱 신비하게 만든다. 당唐 전기傳奇 「고경기古鏡記」에서 영화 〈거울 속으로〉 등에 이르기까지 거울은 공포와 환상 이야기에 많은 영감을 주었다.

'본다'는 행위는 중요하다. 눈으로 바라보고 상대의 실체를 파악하는 순간 바라보는 이에게는 권력이 생긴다. 관음증의 원리가 그렇다. 숨어서 지켜보는 시선에는 권력이 따른다. 「고경기」에서 거울에 한번 비추어진 요괴가 실체를 드러내고 죽는 것은 권력을 빼앗겼기 때문이다. 실체를 숨기고 허물 안에서 세상을 엿보는 요괴에게 있었던 시선의 권력은 실체가 드러나는 순간 이동한다. 도사가 귀신을 추궁하여 형체를 드러내게 하는 것 역시 조요경과 맞먹는 권능이다. 두려운 대상이었던 귀신이나 요괴가 실체를 드러내는 순간 더는 두려운 존재가 아니게 된다.

요괴는 때로 질병을 일으키는 원인이기도 하다. 근대의학이 발달하지 않았던 시절, 질병은 실체를 알 수 없는 요괴만큼 두려운 대상이다. 귀신을 쫓는 도사나 무당이 질병을 치유하는 기능까지 하게 된 것도 여기서 연유한 바가 크다. 그래서인지 도교적 상상력에서 거울은 병을 치료하는 기능을 한다. 『서경잡기西京雜記』 권3 함양궁 咸陽宮에 있는 어떤 거울은 사람의 몸을 비추면 오장육부가 훤히 보이게 하였다. 병이 난 부위를 찾아 금방 낫게 해준다고 한다. 질병을 치료하고 싶은 인간의 간절한 소망이 투영된 상상력이다.

수광후가 요괴의 실체를 알아보고 뱀을 죽여서 부인의 병을 치료하고, 말라가던 나무를 살려내었던 것도 질병이라는 두려움을 극복하는 방법이었다. 물론 과학적 근거는 없지만, 요괴를 죽여서 질병을 치유할 수 있다는 이야기는 위안으로 다가온다. 어떠한 방법을 통해서든 인간은 공포로 다가오는 대상의 실체를 파악하고 대처할 수 있는 지식을 얻음으로써 두려움을 극복하려고 한다. 오나라 경제景帝가 찾아낸 어떤 박수는 무덤 안의 상황을 눈으로 투시할 수 있었다.

오나라 경제 손휴孫休가 병이 들자 박수를 찾아 병을 살펴보게 하려고 하였다. 박수를 찾고는 시험해보기 위해 거위를 죽여 궁궐 안에 있는 동산에 묻었다. 거기에 작은 집을 지어 침상과 낮은 탁자를 두고, 부인의 신과 옷, 물건을 그 위에 두게 했다. 그러고는 박수에게 무덤 속을 들여다보게 하고 말했다.

"만약 그대가 이 무덤 속 여자 귀신의 형상을 말할 수 있다면, 후한 상을 내리고 바로 그대를 믿겠다."

박수는 온종일 말이 없었다. 경제가 재촉하며 다급하게 묻자 박수가 대답하였다.

"사실 여자 귀신은 보이지 않고, 대가리가 흰 거위 한 마리가 무덤에 서 있는 것만 보입니다. 바로 아뢰지 못한 까닭은 귀신이 거위 모습으로 변한 건 아닌지 의심스러웠기 때문입니다. 거위가 원래 모습으로 변하길 기다렸지만, 모습은 더 변하지 않고 그대로 있었습니다. 무슨 이유인지 잘 알지 못한 채 어찌 감히 폐하께 사실을 아뢸 수 있었겠습니까."(『수신기』권2)

무덤은 죽음의 경계 안에 있는 공간이다. 이승의 인간은 알 수도, 느낄 수도 없는 곳이다. 이 때문에 그 두려움의 세계를 알기 위해서는 일상의 감각을 초월한 시선이 필요하다. 죽음의 공간을 훤히 들여다볼 수 있는 시선은 거울과도 같은 권능을 획득한다. 신비에 둘러싸인 절대적 존재가 어떤 방법을 통해 구체적으로 표현되면 대상의 성격은 한정되고 절대성은 상실된다. 죽은 여인의 시체가 있는 무덤인 줄 알았지만, 거위 한 마리밖에 들어 있지 않다는 사실을 아는 순간 무덤은 그냥 평범한 흙더미가 되어버린다. 신비로움의 실체를 파헤치고, 그것을 주변에서 흔히 접할 수 있는 친숙한 존재로 탈바꿈해버리는 능력이야말로 인간에게 가장 절실한 힘이다. 인간은 그 힘을 통해 위안을 얻는다.

도사는 자신의 특별한 능력으로 인간의 마음을 치유해주기도 한다. 그것은 죽은 이의 영혼을 불러들여 산 사람과 만나게 해주는 능력이다. 사랑하는 사람을 잃고 살아가는 자들의 마음은 너무도 고통스럽다. 떠난 사람을 단 한 번이라도, 아주 짧은 순간이라도 만나보고 싶은 것은 살아남은 자의 간절한 소원이다. 죽음은 인간의 힘으로 되돌릴 수 없기에 죽은 이를 되살릴 수 없지만, 도사는 영혼이라도 불러들여 살아남은 자와 만나게 해줄 수 있다. 영릉營陵에 사는 한 도인은 죽은 아내를 그리워하는 남편의 소원을 들어주었다.

한나라 북해北海 영릉의 어떤 도인은 산 사람과 죽은 사람을 만나게 할수 있었다. 부인이 죽은 지 이미 몇 년이 된 같은 마을 사람 하나가 이를 듣고서 찾아갔다.

"죽은 아내와 한번 만나게 해주신다면 죽어도 여한이 없겠습니다."

도인이 말했다.

"지금 바로 가시면 만날 수 있습니다. 그런데 북소리가 들리면 바로 나와야 합니다. 거기에 머물러서는 안 됩니다."

그러고는 두 사람이 만날 수 있는 방법을 일러주었다. 잠시 뒤 남편이 아내와 만나게 되었는데, 말을 주고받으니 슬프고도 기쁜 부부의 정은 마치 살아 있을 때와 같았다. 한참 뒤에 북소리가 구슬프게 울리는 것을 듣고 더는 머무를 수 없었다. 문을 나설 때, 갑자기 옷자락이 문틈에 끼자 당겨서 끊고 나왔다. 그 후 1년이 조금 지나고 이 사람이 죽었다. 집에서 합장合葬하려고 부인의 무덤을 열었더니 관 뚜껑 아래에 옷자락이 있

었다.(『수신기』권2)

죽은 아내를 보고 싶은 남편의 마음이 얼마나 간절했을까. 남편은 두려움을 무릅쓰고 무덤 안으로 들어가서 아내를 만났다. 여기에서 주목할 대목은 두 사람이 막상 만나 말을 주고받고 정을 나누는 순간이 살아 있을 때와 같다는 데에 있다. 일원론적 사유에서 삶과 죽음, 이승과 저승의 구분은 그리 명확하지 않다. 죽음과 저승은 분명 두렵고 피해야 할 대상이지만, 그렇다고 완전히 배타적이고 타자적인 관계에 놓이지 않는다. 이 때문에 죽은 자도 살아 있는 사람과 똑같이 감정과 촉감을 느낄 수 있다고 상상하였다.

그래도 이승과 저승은 유별한 법이다. 이승과 저승은 뫼비우스의 띠처럼 서로 닿아 있으면서 다시 비껴가며 만날 수 없는 관계다. 북소리가 울리자 남편은 무덤에서 더 머물지 못하고 나올 수밖에 없었다. 소원을 이루고 1년 후에 남편은 죽었다. 두 사람은 정말로 만났던 것일까. 슬프면서 아름다운 이 이야기를 믿을 사람은 아무도 없다. 하지만 관 뚜껑에 끼인 옷자락이 증명해준다. 두 사람이 정말로 만났었다. 그렇게 믿으면 사실이 된다.

이승과 저승을 넘나들며 죽은 자를 저승까지 데려다주는 바리공주의 이야기를 기억한다. 바리공주는 저승으로 가서 생명수를 구해와 죽어가는 아버지를 살려낸다. 그 후 무신巫神이 되어 죽은 자를 저승까지 인도하는 역할을 한다. 이승과 저승 그 사이 어디쯤 바리공주처럼 누군가가 있다는 것은 커다란 위안이 된다. 죽음이 삶의 끝이 아니라는 사실이 죽음에 대한 두려움을 극복하게 한다. 혼을 불러내고 이승과 저승을 넘나들며 서로를 마주 보게 해주는 도사의 능력은 두려움을 치유하는 약인 셈이다.

여신들의 사랑

많은 사람들이 그리스 신화를 좋아하는 이유 중 하나는 신들도 인간처럼 슬픔을 느끼고 질투를 하고 사랑에 빠지는 데에 있다. 영원히 젊음을 유지하면서 완벽한 아름다움을 보여주는 신들이 사랑을 나누는 장면은 독자들의 판타지를 충족시켜주기에 충분하다. 특히 아프로디테는 대장장이 신 헤파이스토스와 결혼을 하고서도 군신 아레스와 불륜에 빠지고 미소년 아도니스를 갈망하였다. 사회적 규범을 무시하면서까지 사랑에 탐닉하는 여신은 수많은 화가에 의해 에로틱한 그림으로 표현되었다.

동서양을 막론하고 여신은 인간이 동경하는 대상이다. 동양의 아프로디테라고 하면 단연 항아嫦娥를 꼽을 수 있다. 『회남자淮南子·남명훈覽冥訓』에 따르면, 항아는 원래 천상의 여신이었으나 예羿와 결혼하여 지상으로 내려와 살았다. 항아가 지상에서의 결혼 생활을 행복해하지 않자 예는 서왕모西王母를 찾아가 불사약을 구해온다. 원래는 함께 불사약을 먹으려고 했으나 무슨 이유에서인지 항아는 몰래 두 사람 몫의 불사약을 모두 먹었다. 그러고는 하늘로 떠오르려고 하였으나 갑자기 몸이 두꺼비로 변하여 부끄러움을 느껴 달로 달아났다고 한다.

항아가 왜 남편 예를 배신하였는지, 그 이유는 알 수 없다. 항아에

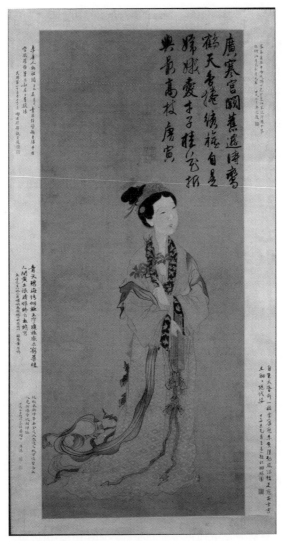

그림 1-2 명나라 화가 당인唐寅이 그린 〈항아집계도嫦娥執桂圖〉. 손에
월계화를 들고 있다.

게 배신당한 예는 지상에 남아 고통스러운 삶을 살다가 제자 봉몽逢
蒙에게 또 배신당하여 죽고 만다. 남편을 배신하고 불행하게 만들었
다는 신화는 항아를 천하에 몹쓸 여신으로 만들어버렸다. 몸이 두꺼
비로 변했다는 설정 역시 남편을 배신한 항아를 응징하려는 집단적
상상력이 만들어낸 결과라고도 한다. 하지만 부정할 수 없는 사실은
항아는 너무도 아름다운 여신이라는 점이다. 더욱이 달로 도망간 후
항아는 독수공방을 하였다. 이로부터 항아는 남성 문인이 갈망하는
대상이 된다.

　항아는 우선 직녀織女와는 다른 위치에 있는 여신이다. 1년에 하
루만 만날 수 있지만, 그래도 직녀에게는 견우牽牛라는 남편이 있다.
유부녀이기에 직녀를 드러내놓고 갈망하기란 민망한 일이다. 반면
항아는 남편을 배신하였다는 낙인이 찍혔지만, 달에서 외롭게 독수
공방을 한다. 항아 옆에는 남편이 없으니 마음 놓고 갈망하여도 흠
될 것이 없다. 더욱이 달에 있는 월계수는 과거 급제한 사람에게 꽂
아주는 월계화를 연상시킨다. 이로부터 항아는 문인들이 찬양하는
여신이 되었다.

　여신이 인간 남성과 직접 사랑을 나누는 이야기는 『목천자전穆天
子傳』에서 시작된다. 주周나라 목왕穆王이 팔준마八駿馬를 타고 서쪽
으로 순수巡狩하다 곤륜산崑崙山에 이르러 서왕모를 만났다는 이야
기다. 서왕모는 생명과 죽음을 관장하는 여신이다. 이들의 만남에 특
별한 서사가 있거나 낭만적인 장면이 묘사되지는 않는다. 하지만 서

왕모는 그 자체로 이상향을 상징하고, 서쪽 끝에 있다고 알려진 곤륜산은 인간이 다가갈 수 없는 유토피아다. 곤륜산이라는 낙원을 최초로 방문하여 서왕모와 만난 것만으로도 충분히 낭만적이라 할 수 있다.

그런데 『수신기』에 이르러 여신은 천자天子 혹은 남성 문인들이 갈망하는 이상향으로 나타나지 않는다. 이제 여신이 직접 인간 남성을 선택하고 적극적으로 사랑을 쟁취한다. 원객園客 앞에 나타난 여신이 그러하였다.

원객은 제음濟陰 사람이다. 얼굴이 잘생겨서 마을 사람들이 딸을 그에게 시집보내려고 하였으나 원객은 끝내 장가들지 않았다. 일찍이 다섯 빛깔의 향초를 심어 수십 년 동안 키우며 그 열매를 먹었다. 어느 날 문득 다섯 빛깔의 신령한 나비가 향초 위에 앉았다. 원객이 거두어 베를 깔아주었더니 누에알을 낳았다. 누에치기할 때가 되자 어떤 신녀가 밤에 와서 원객이 누에치는 일을 도왔다. 또 누에에게 향초를 먹이니 고치 백이십 개가 나왔는데, 크기가 모두 항아리만 했다. 누에고치 하나를 실로 다 뽑아내려면 예닐곱 날이 걸렸다. 고치 켜기가 끝나자 신녀는 원객과 함께 신선이 되어 사라졌다. 어디로 갔는지 아무도 모른다.(『수신기』권1)

원객이 다섯 빛깔의 향초를 심고 그 열매를 수십 년 동안 먹었다고 하였으니, 신선이 될 자질은 갖추었으나 완벽하게 신선이 되지 못한 사람이었다. 그러던 중 이름 모를 신녀는 나비로 변하여 원객 앞에 나타나 누에치는 법을 가르쳐주었다. 원객이 누에를 키우는 자이고 신녀가 나비의 모습으로 나타났다는 설정은 의미심장하다. 누에는 아직 변성이 일어나지 않은 상태다. 신선이 되고자 했으나 될 수 없었던 원객은 변성이 일어나지 않은 누에와도 같은 존재다. 껍질을 부수고 화려하게 부활한 나비처럼 신녀는 인간이었던 원객을 환골탈태시키고 함께 신선이 되어 떠났다.

여선 두란향杜蘭香이 사랑하는 이를 얻는 과정은 더욱 적극적이다. 두란향은 17세의 장전張傳이라는 남성을 찾아가 먼저 혼인을 청하고 이름까지 장석張碩으로 바꾸라고 하였다. 음식을 마련하여 대접하고 시를 지어 자신의 마음을 표현하였으며 여러 번 장석을 찾아와 청혼을 확인하였다. 그러고는 장석에게 마 3개를 먹게 하여 바람과 파도를 두려워하지 않고 추위와 더위를 느끼지 않게 하였다. 평범한 인간이었던 장석은 여신의 사랑을 갈구하지 않았으나 두란향이 먼저 찾아와 청혼하면서 신선이 되었다.

현초弦超는 잠을 자다가 꿈속에서 천상의 선녀 옥녀玉女와 운우지정雲雨之情을 나눈다. 도교에서 옥은 영원히 변하지 않는 보석으로 상징되면서 신선 혹은 불사약의 이미지와 연결되었다. 타자와의 관계가 합일을 이루는 방법 중 하나는 에로티시즘이다. 에로티시즘은 불연속의 존재가 서로 완벽하게 합일되는 순간을 연출한다. 초楚나라 회왕懷王이 고당高唐에서 신녀와 사랑을 나누었던 것처럼 옥녀와 현초의 에로틱한 관계는 인간과 신의 완벽한 합일로 해석된다.

이처럼 중국 문학에서 여신과 인간 남성의 사랑 이야기가 많이 전해지는 이유는 인신연애人神戀愛라는 도교적 모티프가 서사로 수용된 결과다. 인간과 신이 사랑하는 낭만적인 이야기는 사실 샤먼이 신에게 헌신하는 종교적 행위가 문학으로 재연된 것이다. 주로 남성신에 대해서는 여무女巫가, 여성신에 대해서는 남격男覡이 역할을 담당하는데, 무격巫覡은 제단에서 남녀의 결합을 상징하는 동작이나 춤으로 극을 재연하며 제의를 진행한다. 바빌로니아에서 이슈타르Ishtar 여신을 찬양하기 위해 수소의 생식기를 잘라서 던졌던 행위도 이와 유사한 맥락으로 볼 수 있다.

인신연애 이야기는 초기에 여신과 남성 영웅 혹은 왕과의 관계가 주를 이루다가 후대로 갈수록 평범한 남성과 여신의 관계로 전환된다. 인간과 신의 사랑이 도교 사상과 연결되면서 평범한 남성이 신선이 되기 위해서는 여신과 연애를 통해서만 가능하다는 인식으로 이어졌다. 이러한 종교적 인식이 문학적 상상력과 결합하면서 동아시아 문학의 독특한 주제 중 하나인 인신연애 이야기가 나오게 되었다. 종교적 색채가 사라진 이후 이 낭만적인 이야기는 인간의 더욱 다양한 욕망을 표출하는 근거가 되었다.

평범한 남성이 여신과의 연애를 통해 신선이 되어 사라진 이야기는 원객과 두란향 이야기에서 이미 확인하였다. 그런데 『수신기』에서 동영董永과 직녀 이야기는 더욱 세속적인 욕망을 담아낸다. 동영은 성실하고 착한 사람이지만 아버지 장례를 치를 비용이 없을 정도로 가난하였다. 할 수 없이 종살이를 하려는 동영 앞에 직녀가 나타난다. 직녀는 아무런 보상을 바라지도 않고 동영의 아내가 되고자 하였고, 베를 짜서 동영의 빚을 다 갚아주고는 다시 하늘로 사라졌다. 득선의 경지에 오르지는 않았지만 동영은 어쨌든 여신을 통해 현실의 어려움을 극복할 수 있었다.

어느 날 갑자기 아무런 이유나 보상 없이 남성 앞에 아름다운 여신 혹은 여신과 맞먹는 능력을 지닌 여성이 나타나는 것은 일종의 클리셰cliché다. 이 이야기에서 주인공 남성들은 대부분 현실에서 좌절하거나 과거에 급제하지 못해 뜻을 이루지 못한 자들이다. 불쌍한 서생이 우연히 아름다운 여성을 만나 현실의 어려움을 극복하였다는 이야기는 포송령蒲松齡의 『요재지이聊齋志異』에서 극대화된다. 이제 여신이 아니라 여우, 귀신 혹은 세상의 온갖 사물이 변신한 여인들이 지질한 서생과의 사랑을 갈구하게 된다. 분명 온달 콤플렉스의 발현이라고 볼 수 있다. 하지만 어차피 상상력 혹은 환상이란 현실에서 채워지지 않은 인간의 욕망을 해결해주는 해방구다. 우리는 소설을 충분히 즐기기만 하면 된다.

물론 모든 여신이 인간 남성과 연애하기 바쁜 것은 아니다. 여와女媧는 천지가 무너지고 하늘에 구멍이 나서 홍수가 났을 때, 세상의 어려움을 정리하고 인간의 근심을 어루만져주었다. 치유하는 권능을 보여준 것이다. 태양 10개를 낳은 희화羲和와 달 12개를 낳은 상

女媧補天

그림 1-3(우상) '여와보천女媧補天.' 옛날 하늘이 무너지고 홍수가 나자 여와가 오색의 돌을 달구어 하늘의 구멍을 메꾸었다고 한다. 여와는 대지모신이자 치유의 여신이다.

그림 1-4(좌하) 태양 10개를 낳은 희화. 매일 감연甘淵에서 10개의 태양을 목욕시키고 있다.

그림 1-5(우하) 달 12개를 낳은 상희. 12개의 달을 목욕시키는 어머니의 모습으로 묘사되었다.

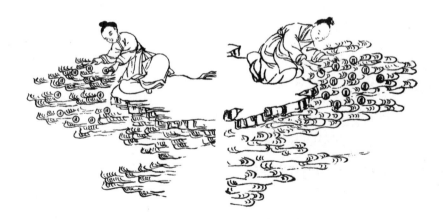

희常義는 위대한 모성애를 발휘하며 밤마다 강가에서 아이들을 목욕시킨다. 창용昌容은 자초를 캐어 팔아 과부나 고아 등 힘없고 가여운 자들을 도우며 속세에서 살아간다. 포용하고 양보하며 타인의 아픔을 어루만져주는 마음이야말로 여신의 진정한 권능일 것이다.

제2장

인人:
예감에 가득 찬
세상

징조를 해석하다

죽음과 저승이 우리를 두렵게 만드는 공간이었다면, 미래는 타자의 시간이다. 무슨 일이 일어날지 모르는 미래는 희망을 주기도 하지만, 알 수 없는 시간이기에 두려움이다. 과학이 발달한 시대에 살고 있어도 우리는 여전히 점을 보러 가거나 예언과 관련한 자료들을 찾아본다. 작은 징후 하나라도 놓치지 않고 그것을 어떻게든 현재의 나와 연결하여 해석하려고 한다. 그래서 단예段翳나 동언흥董言興, 관로管輅 등 앞일을 내다보고 흉한 일을 미리 막은 사람들의 이야기는 그 자체로 권능을 지니고 놀라움을 준다.

　정치적으로 어지러웠던 위진남북조 시기에는 특히 전란과 관련한 예언이 많이 전해졌다. 거북한테 털이 나기도 하고, 개와 돼지가 교미하기도 하며, 말이 여우로 변했다는 이야기가 떠돌았다. 어디서는 한 여인이 아이 40명을 한꺼번에 낳았다고도 하고, 소 다리가 등위에 났다는 이야기도 있다. 생태계의 교란으로 일어나는 기이한 사건들은 당시의 정치적 혼란을 나타내는 메타포, 요사스러운 징조로 해석되었다.

　한나라 문제文帝 12년 오 지역에서 어떤 말 머리에 뿔이 났다. 뿔은 귀 앞쪽에 나서 위로 뻗어 있었다. 오른쪽 뿔의 길이는 세 치, 왼쪽 뿔의 길이는 두 치, 둘 다 너비는 두 치였다. 유향劉向은 말의 머리에 뿔이 난 것은 부당한 일이고, 오에서 병사를 일으켜 임금에게 향하는 일과 같다고 하였다. 이는 오 지역에서 장차 반란을 일으킬 변고를 가리킨다.

경방京房의 『역전易傳』에는 다음과 같이 되어 있다.

"신하가 임금을 바꾸려 하고 정치가 순조롭지 못하여 그 요사스러운 말의 머리에 뿔이 났다. 이는 어진 선비가 부족함을 뜻한다."

또 이렇게 되어 있다.

"천자가 직접 징벌하니 말에 뿔이 났다."(『수신기』 권6)

오늘날 뉴스에서 말에 뿔이 났다는 소식을 들으면 우리는 이를 돌연변이라고 간주한다. 대수롭지 않은 사건으로 여기고 그저 다양한 과학적 근거를 통해 이 현상을 해석하려고 한다. 과학적 데이터가 충분히 축적된 시대에 살고 있기에 이상한 돌연변이 현상이 나타나더라도 이를 종교적으로 해석할 사람은 거의 없다. 하지만 위진남북조 시기만 하여도 뿔 하나, 털 하나 모든 것이 관찰의 대상이 되고, 다양한 징조를 통해 현재와 미래의 시간을 해석하려고 하였다.

말의 뿔을 관찰하고 묘사하는 방식은 매우 섬세하다. 뿔의 길이와 너비가 구체적인 숫자로 제시되는 순간, 막연하게 다가왔던 뿔의 실체가 그대로 드러난다. 뿔은 두려움보다는 현실에서 흔히 볼 수 있는 사물처럼 느껴진다. 이제 해석은 뿔이 난 모습으로 향한다. 하필 뿔이 아래로 난 게 아니라 위로 났다는 사실은 해석하기 좋은 은유가 된다. 바로 신하가 임금을 향해 반란을 일으키려는 징조와 연결되는 것이다. 일상 속에서 변칙으로 생겨버린 '뿔'이라는 표상은 미래의 두려운 변고를 알리는 예언이 된다.

사실 과학적 근거가 전혀 없는 이러한 해석을 '재이災異'라고 한다. 천재天災와 지이地異를 이르는 말로 하늘과 땅과 인간이 서로를 반영하고 서로에게 반영되며 각각의 질서가 서로 닮아간다는 사유다. 자연계에 변고가 일어나면 인간 세상에서 기이한 사건이 일어난다고 믿었다. 이는 우주라고 하는 거대한 그릇 속에서 사물들의 인접 관계를 찾고, 우주의 질서로부터 얻은 지혜를 내부로 전위시키고자 하는 노력이었다. 상징과 은유로 인간의 여러 세태를 읽어내려는 노력은 『수신기』 전반에서 관통되고 있다.

재이설災異說의 사상적 토대는 음양오행설陰陽五行說로, 인간계의 음양과 자연의 음양이 각각 대응한다고 생각하는 데에 있다. 예컨대 남성·군주는 양陽에, 여성·신하는 음陰에 속하고, 하늘과 태양·가뭄은 양에, 땅과 달·홍수는 음에 속한다. 원래는 우주의 원리를 이해하려는 철학적 사유였지만, 후대에는 정치적 상황을 해석하는 도구가 되었다. 일식日蝕은 음이 양을 침해하는 것으로 간주하여 신하가 군주를 거스르는 일의 징조로 보았고, 지진은 고요해야 할 대지 곧 음이 움직이는 것으로 간주하여 신하가 하극상할 징조로 보았다.

위魏나라 양왕襄王 13년에 어떤 여자가 남자로 변하여 아내를 얻고 자식까지 보았다. 경방의 『역전』에 다음과 같이 되어 있다.

"여자가 남자로 변한다는 것은 음이 창성해 천한 사람이 임금이 됨을 뜻한다. 남자가 여자로 변하는 것은 음이 양을 이기는 것이니, 이는 결국 나라가 재앙을 입어 망하는 것이다."

또 이렇게 말하였다.

"남자가 여자로 변하는 것은 궁형宮刑이 넘친다는 것이고, 여자가 남자로 변하는 것은 부인이 정치에 참여하는 것이다."(『수신기』 권6)

경방은 서한西漢 시기의 학자로 『주역周易』 해석에 뛰어났다고 알려져 있다. 일원론적 사유에서 음과 양은 어느 것이 더 우위에 있는 관계가 아니지만, 『주역』은 음보다는 양을 중심으로 한 사유체계다. 여기서 여자가 남자로 변했다는 것은 단순히 성전환 현상을 의미하지 않는다. 여자가 남자로 변화하여 아내를 얻고 아이를 낳는 것은 사실상 불가능하다. 단지 여자가 남자로 변화한 것은 음이 창궐하는 세상의 다른 표현이고, 천한 사람이 임금이 되거나 여성이 정치에 참여하는 은유로 해석된다.

음과 양이 조화롭게 갈마드는 것이 아니라 서로의 영역을 침범하는 것은 모두 재앙으로 인식되었다. 남성이 여성으로 변화하는 것 역시 생식기를 거세하는 형벌인 궁형이 넘쳐나는 사회에 대한 비판이 된다. 혹은 죽었다가 살아난 여인의 이야기도 정치적으로 해석되었다. 저승의 '음'이 이승의 '양'으로 바뀌었기에 아랫사람이 임금이 되려는 징조로 보았다. 사람이 죽었다가 다시 돌아온 이야기만큼 흥미진진한 이야기가 있을까. 그런데 그것이 정치적으로 해석되는 순간, 이 호기심 가득한 이야기는 아무것도 아닌 것이 되어버린다.

또 『수신기』에는 한 몸에 머리가 둘인 사람이 태어났다는 이야기가 적지 않게 전해진다. 중국 신화 『산해경山海經』에는 머리가 둘인 교충驕蟲, 머리가 셋인 삼수국三首國의 이야기가 전해진다. 이들은 순전히 상상력의 산물이고, 인간의 욕망을 발현한 존재들이다. 정상적인 신체의 질서를 파괴하고, 새로운 형태의 신체에 대한 갈망을 나타낸다. 하지만 『수신기』에서 머리 둘이 붙어서 태어났거나 배가 서로 붙어서 태어난 사람들은 상상력의 산물이라기보다 실제 샴쌍둥이의 실체를 보며 나온 해석으로 보인다.

이 역시 정치를 해석하는 근거가 되었다. 머리가 둘인 아이는 조정이 혼란스럽고 정권이 귀족 가문의 손에 쥐어지며 군주와 신하의 구분이 없는 상황을 의미한다고 하였다. 이는 동탁董卓이 태후太后를 죽이고 천자를 내쫓은 사건의 징조로 풀이되었다. 머리가 둘인 아이를 낳은 어미는 아이가 상서롭지 못하다고 여겨 땅에 버렸다고 하였다. 이와는 반대로 배가 서로 붙어 태어난 아이를 좋은 징조로 해석하려는 입장도 있었다.

〈서응도瑞應圖〉에 따르면, 뿌리가 다른데 줄기와 가지가 함께 자라는 것을 연리지連理枝라고 하고, 싹이 다른데 이삭이 합쳐져 자라는 것을 가화

嘉禾라고 합니다. 초목도 이런 상황을 상서롭게 여기는데, 지금은 두 사람의 심장이 붙었으니, 하늘에서 신령한 징조를 내려주신 것입니다.(『수신기』 권7)

물론 이는 괴기스러운 해석이고 정치적 수단으로 이용하려는 것에 불과하다. 여하튼 배가 붙어 태어난 아이를 연리지나 가화에 비유한 것은 시각적인 이미지에 근거한 해석이다. 자연에 감추어진 모든 기호와 유사한 표상을 발견해내고, 세상의 움직임을 지배하고 있는 법칙을 찾아내려는 작업이다. 전쟁이 끊임없이 일어났던 혼란의 시기에 어지러운 사람들의 심리를 반영한 이야기일 수 있고, 도교와 불교가 흥행하면서 사람들이 황당무계하고 기이한 이야기들을 좋았던 흔적일 수 있다.

이처럼 믿을 수 없는 기이한 이야기들 속에서도 과장이나 환상이 아니라 현실에서 진짜 일어났을 법한 이야기들도 전해진다. 작자는 기이한 현상을 군이 정치적 징조로 해석하지 않고, 매우 객관적인 태도로 상황을 기록하였다.

진晉나라 혜제惠帝 때 낙양洛陽에 사는 어떤 사람이 한 몸에 남자와 여자의 신체를 타고났다. 남자나 여자 모두와 관계를 맺을 수 있었는데, 천성이 특히 음란함을 좋아하였다. 천하의 병란은 남녀의 기가 어지러워져 요사스러운 현상이 생겨난 데서 시작되었다.(『수신기』 권7)

진나라 혜제 원강元康 때 안풍安豊에 사는 주세녕周世寧이라는 여자아이가 여덟 살이 되어 점차 몸이 남자아이로 변하였다. 열일고여덟 살이 되자 기질과 성기가 완전히 남자가 되었다. 여자의 몸에서 변했으나 다 변하지 않았고, 남자 몸이 만들어졌으나 온전히 남자가 되지 못하였다. 아내를 두었지만, 아이가 없었다.(『수신기』 권7)

앞서 여자가 남자로 변하여 아내를 얻고 아이를 낳았다는 이야기와 주세녕의 이야기는 서술방식에서 차이가 있다. 여자가 남자로 변하여 아이를 가졌다는 이야기는 그야말로 기괴한 환상에 불과하거나 아니면 위 첫 번째 인용문처럼 남성과 여성의 생식기능을 모두 가지고 태어난 특이한 신체일 수 있다. 어쨌든 주세녕이라는 사람에 대한 사실적인 기록은 『수신기』를 읽는 새로운 방법을 제시한다. 이 모든 것이 기괴한 환상이나 거짓말이 아니고, 이야기들 사이에 간혹 진실을 기록한 이야기가 있을지 모른다고 의심하게 한다.

츠베탕 토도로프Tzvetan Todorov는 환상적 텍스트의 특성은 주저감hesitation에 있다고 하였다. 서사에서 환상이 일관되게 펼쳐지면, 독자는 어느 순간 환상 안에서 현실감과 개연성을 찾아내려고 한다. 하지만 재현된 사건을 인지하는 데에 환상인지 사실인지 망설임을 느끼게 될 때, 독자는 환상적 텍스트에 더 몰입하게 된다. 실제 일어났을 법한 이야기들이 황당무계한 이야기들 안에 끼어 있는 것을 확인할 때, 독자들은 주저감을 느낀다. 여기 주저감을 느끼게 하는 기괴한 이야기가 있다.

후한後漢 영제靈帝 건녕建寧 3년 봄에 하내河內에서 어떤 아내가 남편을 잡아먹었고, 하남河南에서 어떤 남편이 아내를 잡아먹었다. 부부는 음양이 서로 결합하는 것 중 정이 가장 깊은 자들인데, 지금 도리어 서로 잡아먹는다. 음양이 서로 침범했으니 어찌 해와 달의 재난이라고만 하겠는가! 영제가 붕어하시고 천하가 크게 어지러워져, 임금은 신하를 포악하게 함부로 죽이고 신하는 임금의 자리를 빼앗고 죽이는 반역을 저질렀다. 전쟁이 일어나 서로 죽이고, 친족끼리 원수가 되어 백성에게 주는 피해가 극에 달하였다. 그래서 요사스러운 인간이 출현해 이 같은 상황이 일어날 것을 미리 알린 것이다. 신유辛有와 도승屠乘과 같은 현인이 있었다면 예언을 듣고 상황을 예측했을 텐데 한스럽다.(『수신기』 권6)

이 이야기가 놀라움을 주는 이유는 무엇보다 사람을 잡아먹었다는 데에 있다. 놀라움을 느낀 이후 독자는 생각한다. 과장이 들어간 묘사인지, 정말로 사람이 사람을 잡아먹는 이야기인지 의심해본다. 물론 작자는 재이설에 입각하여 영제가 붕어한 이후의 현실을 반영한 징조라고 설명한다. 『수호전水滸傳』에서 사람을 죽여 그 살로 만두를 만드는 장면이 심심찮게 나오는 것을 보더라도, 인육을 먹는 일은 그리 대단한 사건이 아닐 수 있다.

인육을 먹는 일을 문학적 장치로 이해해보자. 그러면 인육을 먹은 사건은 사람을 잡아먹을 만큼 지독하게 살기 어려운 현실에 대한 은유가 된다. 기괴한 이야기라고만 생각했던 이야기는 현실을 풍자한 이야기가 되어버린다. 작자는 어쩌면 임금과 신하가 서로 권력을 다투고, 전쟁이 일어나며, 친족끼리 원수가 되는 비참한 현실을 통탄하는 마음으로 인육 먹는 이야기를 했을 수 있다. 『수신기』는 이렇듯 우리를 주저하게 만든다. 괴력난신의 이야기를 단지 호기심으로 접근하지 말고, 천천히 다양한 방법으로 읽고 음미해보라고 말이다.

꿈으로 예언하다

미래의 시간을 내다보는 데에는 꿈 역시 중요한 징조가 된다. 꿈은 잠자는 동안 여러 가지 사물을 보고 듣는 정신 현상으로, 현실에서 이루지 못한 소망 혹은 무의식에 잠재되어 있는 욕망 등이 나타난다고 한다. 꿈은 특히 시각적으로 재현되는데, 맥락이 끊어지는 경우가 있더라도 주로 스토리 형태로 기억하려는 경향이 있어 꾸고 난 이후에는 다양한 해석이 가능하다. 육신으로부터 이끌어내어진 영혼은 꿈을 만들고, 꿈은 미래의 사건이나 운명을 예견하기도 한다.

주남책周攬嘖은 비록 가난한 생활이지만 분수를 지키며 살았다. 부부가 밤늦게까지 밭일을 하다가 돌아와 피곤하여 쉬려고 누웠다. 꿈에 천제가 지나가다가 불쌍히 여기고 하급 신에게 명하여 그들에게 돈을 주도록 하였다. 사람의 죽음과 운명을 관장하는 신인 사명신司命神이 장부를 살펴보고 말하였다.

"이 사람은 관상이 가난하여 이 이상의 재물은 얻을 수 없습니다. 다만 장거자張車子라는 사람이 천만 전을 받기로 되어 있는데, 아직 태어나지 않았으니 그의 돈을 빌려주도록 하십시오."

"좋다."

주남책은 잠에서 깨어나 아내에게 꿈 이야기를 했다. 부부는 힘을 다하여 밤낮으로 생업에 애썼고, 얼마 지나지 않아 돈 천만 전을 벌어들였다. 이 일이 있기 전, 장구張嫗라는 여인이 주남책의 집에서 고용인으로 일하고 있었다. 남자와 사통하고 임신하여 달이 차서 낳을 때가 되었다. 주남책이 내쫓았으나 장구는 수레 창고에 머무르면서 아이를 낳았다. 주남책이 가서 보고는 추위 속에 홀로 아이를 낳은 모습에 불쌍한 마음이 들어 죽을 쑤어 먹이고 물었다.

"아이의 이름을 지었을 텐데 어떻게 지었는가?"

"수레 창고에서 아이를 낳았는데, 꿈에 천제께서 저에게 아이 이름을 거자車子로 하라고 하셨습니다."

"내가 옛날 꿈속에서 천제께 돈을 빌렸소. 사명신이 장거자의 돈을 나에게 빌려준다고 했으니 반드시 이 아이일 것이오. 재물을 그에게 돌려주겠소."

이때부터 주남책의 수입은 날이 갈수록 줄어들었고, 장거자는 자라서 주남책보다 부유해졌다.(『수신기』 권10)

주남책은 꿈을 꾸었지만 깨고 나서는 그 꿈이 의미하는 바를 정확하게 알 수 없었다. 그저 자신이 가난할 수밖에 없는 운명을 타고난 것과 자신도 모르는 어떤 사람의 돈을 빌리게 되었다는 사실만 기억하였다. 하지만 주남책은 자신의 운명에 실망하지 않고 더 노력하며 열심히 살았다. 그러던 어느 날 고용인으로 데리고 있던 여인이 딱한 처지가 되자 은혜를 베풀었다. 알고 보니 그 여인이 낳은 아이가 바로 주남책이 꿈에서 돈을 빌렸던 장본인이었다. 인간의 운명은 돌고 돈다. 주남책은 꿈 덕분에 열심히 잘 살 수 있었고, 나중에는 꿈에서 돈을 빌렸던 아이에게 다시 돈을 돌려줄 수 있었다.

지극한 마음은 때로 하늘을 감동시키고, 기적을 불러오기도 한다. 꿈속에 신령이 나타나 병을 낫게 해준다거나 힘든 일을 해결하는 방법을 알려주는 이야기들이 많이 전해지는데, 대부분 지극한 마음으로 살아가는 사람만이 계시를 얻을 수 있다. 신령이나 저승사자 등 계시를 주는 초월자는 현실에서 직접 모습을 드러내기보다 주로 꿈의 형태를 통해 나타난다. 샤먼이 혼수상태에 빠지거나 극도의 고통 또는 접신몽接神夢 등의 상태에서 영혼을 받아들이는 것처럼 꿈이라는 영혼의 해탈을 통해 초월적인 전망을 획득하게 된다.

가흥嘉興 사람 서태徐泰는 어려서 부모를 여의었는데, 숙부 서외徐隗가 자기 자식들보다 더 아끼며 키웠다. 서외가 병들자 서태는 지극정성으로 모셨다. 이날 밤 삼경三更에 서태의 꿈에 두 사람이 배를 타고 상자를 가지고 왔다. 그러고는 서태의 침상 머리에 올라 상자를 열고 장부를 꺼내 보이면서 말했다.

"너의 숙부는 죽을 때가 되었다."

서태는 꿈에서 머리를 조아리며 애원했다. 한참 지나 두 사람이 말했다.

"네가 사는 현에 이름이 같은 사람이 있느냐?"

서태가 생각하고는 두 사람에게 말하였다.

"장외張隗라는 사람이 있는데, 성은 서씨가 아닙니다."

"억지로 그 사람이라도 데려가면 되겠다. 네가 숙부를 잘 모시는 것을 생각하여 너를 위해 숙부를 살려주마."

더는 두 사람이 보이지 않았다. 서태가 잠에서 깨고 보니 숙부의 병이 다 나았다.(『수신기』 권10)

서태는 평소 자신을 키워준 숙부에 대한 마음이 지극하였기에 꿈에서 계시를 얻을 수 있었다. 서태 앞에 나타난 두 사람은 저승사자였다. 저승사자가 실수하여 다른 사람을 저승으로 잘못 데려갔다는 이야기는 익히 들어봤을 것이다. 하지만 서태 앞에 나타난 저승사자는 의도적으로 같은 이름의 사람을 찾아 서태의 숙부 대신 다른 사람을 저승으로 데리고 갔다. 샤먼이 그렇듯이 서태는 지극함으로 저승사자를 불러들였고, 꿈속에서 계시를 받아 자신의 간절한 소망을 이룰 수 있었다.

꿈은 서로 떨어져 있는 사람의 영혼을 연결하는 매개가 되기도 한다. 의식과 무의식, 이성과 영혼, 현실과 환상은 꿈을 통해 연결되고 뒤엉키기도 한다. 희곡 『모란정牡丹亭』에서 두여랑杜麗娘과 유몽매柳夢梅가 만날 수 있었던 계기도 꿈이었다. 두여랑은 꿈속에서 본 유몽매를 잊지 못해 상사병에 걸려 죽었고, 다시 유몽매의 꿈속에 나타난다. 결국 유몽매가 무덤에서 두여랑을 살려내고, 우여곡절 끝에 사랑을 이루었다는 이야기는 너무도 낭만적이다. 시간과 공간의 질서를 초월하는 꿈의 세계에서 불가능한 일은 없다.

회계會稽 사람 사봉謝奉과 영가永嘉 태수太守 곽백유郭伯猷는 우정이 남달랐다. 사봉이 어느 날 꿈을 꾸었는데, 곽백유가 절강浙江을 건너는 배 안에서 노름을 하다가 싸움이 벌어져 강의 신에게 꾸지람을 듣고 강물에 빠져 죽었고, 자기가 친구의 장례를 치러주는 꿈이었다. 꿈에서 깬 사봉은 즉시 곽백유를 찾아가 함께 바둑을 두었다. 한참 있다가 사봉이 말했다.

"내가 왜 왔는지 아는가?"

그러고는 꿈 이야기를 했더니 곽백유가 슬퍼하며 말했다.

"내가 어젯밤에 꿈속에서 다른 사람과 노름을 하다가 다투었네. 그대가 꾼 꿈과 같으니 어찌 이리도 똑같이 들어맞는가."

잠시 후 곽백유가 뒷간에 가다가 쓰러져 죽었다. 사봉이 장례를 치렀으니 꿈과 똑같이 되었다.(『수신기』 권10)

서로 멀리 떨어져 지내던 사봉과 곽백유가 비슷한 꿈을 꾼 것을 보면, 두 사람은 정말로 친분이 두터웠을 터이다. 사봉은 꿈에서 본 불길한 계시를 막고자 곽백유를 찾아갔다. 그런데 꿈의 반은 맞았고 반은 틀렸다. 사봉이 곽백유를 찾아갔기에 노름을 하다가 다투는 일은 일어나지 않았지만, 곽백유의 죽을 운명은 끝내 피할 수 없었다.

꿈의 계시는 현실이 되어 곽백유는 뒷간 가는 길에 숨을 거두었고, 사봉은 친구의 장례를 치러주었다. 인간의 삶은 이처럼 꿈과 실재, 현실과 환상이 끊임없이 맞물리며 펼쳐지는 과정에 놓여 있다.

한편 『수신기』에는 꿈과 관련하여 아주 짧은 이야기가 전해진다. 등장인물에게 어떤 특별한 사연이 있는 것은 아니어서 그냥 지나칠 수도 있겠지만, 이후 꿈을 통해 인생의 한바탕 덧없는 봄과도 같은 일장춘몽을 느끼는 작품들이 나올 수 있도록 그 근원이 되었기에 주목할 만하다.

> 하양夏陽 사람 노분盧汾은 자가 사제士濟이다. 꿈에 개미굴로 들어가 크고 넓은 방 세 칸이 있는 집을 보았는데, 집이 매우 크고 넓었다. 편액에 '심우당審雨堂'이라고 쓰여 있었다.(『수신기』 권10)

허무하리만치 짧게 끝나는 이야기다. 노분이라는 사람이 꿈에서 개미굴로 들어가 세 칸짜리 집을 보았는데, 집이 매우 크고 좋았다는 이야기다. 그런데 이 짧은 이야기는 당 전기에 이르러 각색이 가미되면서 문학적 메시지를 담은 작품으로 거듭난다. 바로 이공좌李公佐의 『남가태수전南柯太守傳』이다. 주인공 순우분淳于棼은 꿈에 오래된 회나무의 굴로 들어가 괴안국槐安國에 도착하였다. 임금의 초대를 받아 왕녀와 결혼하고, 20년 동안 남가군南柯郡의 태수太守가 되어 온갖 부귀영화를 누렸는데, 깨고 보니 모든 것은 한낱 꿈이라는 이야기다.

인간의 삶은 꿈결과도 같아 지나고 나면 허무한 법이다. 심기제沈
既濟의 전기 『침중기枕中記』에서도 노생盧生은 자신의 처지를 한탄
하다가 여옹呂翁이라는 노인이 준 베개를 베고 잠이 들었다. 부귀영
화를 누리다가 일생을 마치는 순간 꿈에서 깨는데, 노생이 꿈을 꾼
시간은 여관 주인이 기장을 다 찌지도 않은 짧은 시간이었다. 조설
근曹雪芹도 인생의 허무함을 달래고자 『홍루몽紅樓夢』을 썼다. 붉은
누각에서 잠시 꾸는 꿈은 생각만 해도 달콤하다. 하지만 좋은 꿈은
짧게 끝나는 법이다.

꿈은 실현하고 싶은 희망이나 이상이기도 하고, 실현될 가능성이
거의 없는 헛된 기대나 생각이기도 하다. 설령 금방 깨어나는 꿈일
지라도, 헛된 기대에 불과할지라도, 인간은 열심히 꿈을 꾸고 꿈을
이루기 위해서 살아간다. 나비 꿈을 꾸고 물아일체物我一體의 경지
를 말한 장자莊子처럼 철학적이고 고상하지 않아도 된다. 기이한 꿈
을 꾸고 징조나 계시를 해석하며 미래의 시간을 대비해보는 일도 나
쁘지 않다. 이 황당무계한 이야기들이 더욱 인간적으로 다가오는 이
유다.

사람 열매가 열리는 나무

전 세계의 신화에서 보편적으로 나타나는 상상력 중 신체화생身體化生이라는 모티프가 있다. 거인이 죽어서 그 신체가 변화하여 우주가 만들어졌다는 상상력인데, 게르만·바빌론·중국 등 동서양을 막론하고 유사한 상상력이 존재한다. 그렇다면 창조신화에 왜 거인이 등장할까. 거인의 눈은 해와 달이 되었고, 거인의 살은 땅이 되었으며, 머리카락은 나무와 숲으로, 피는 강물로 변화하였다는 등 자연은 거인으로부터 시작되었다고 상상한다. 이는 인간을 소우주, 자연과 우주를 대우주로 바라보고, 인간과 자연, 더 나아가 우주가 서로 연결되어 있다는 인식에서 비롯되었다.

낯선 대상을 마주했을 때, 우리는 어떻게든 우리 방식대로 이해하고 해석하여 받아들이고자 한다. 과학이 발달한 근대 사회에서는 모든 사물이나 현상을 수치로 측량하고 분석한다. 수치화의 과정에서 모든 사물이나 현상은 균등한 가치를 지닌다. 하지만 신화의 세계에서 객관세계를 이해하는 데에 가장 쉬운 근거는 인간의 몸이다. 신화적 사유에서 몸은 인간이 자연과 우주를 바라보고 상상하는 통로였다. 이는 사실 오늘날의 상상력에도 여전히 이어지고 있다. 정체를 알 수 없는 괴물이든 외계인이든, 낯선 이방인을 상상할 때 늘 인간의 모습으로 상상하고 묘사하려는 경향이 있으니까.

임금의 덕이 사라지고 전쟁이 일어나려는 혼란한 시대에는 돌 하나, 나무 하나에도 의미를 부여하고, 이를 인간의 문제로 해석하려는 경향이 있었다. 그리하여 나무나 풀, 돌에서 인간 닮은 모습을 찾아내고 이를 하나의 징조로 이해하고자 하였다.

한나라 성제成帝 영시永始 원년元年 2월 하남 가우街郵의 가죽나무에서 사람 머리 같은 가지가 나왔다. 눈썹과 눈, 수염이 다 있으나 머리카락만 없었다. 한나라 애제哀帝 건평建平 3년 10월 여남汝南 서평西平의 수양향遂陽鄕에서 나무가 땅에 쓰러졌는데, 사람 형태 같은 가지가 나 있었다. 몸은 푸르면서 누런색이고 얼굴은 하얬으며 얼굴에 수염과 머리카락이 있었다. 나중에 나무가 조금 더 자라서 모두 길이가 여섯 치 한 푼이었다.

경방의 『역전』에 이렇게 되어 있다.

"임금의 덕이 쇠하고 아랫사람이 난을 일으키려고 할 때, 바로 나무에 사람 모양의 가지가 생긴다."

그 후 왕망王莽의 찬탈이 있었다.(『수신기』권6)

또 어디에는 병기나 쇠뇌를 잡은 사람의 모습을 한 풀이 돋아나 이를 황건적黃巾賊의 난이 일어날 징조로 해석하기도 하였다. 그런데 눈썹과 눈, 수염의 모습은 갖추었으나 머리카락이 없는 사람 얼굴의 가지가 나왔다니 상상만 해도 끔찍하다. 섬뜩한 나무의 형상은 불완전한 정치적 상황을 설명하는 원인이 되었지만, 두 현상 사이에는 연결점이 없다. 그저 기괴한 느낌만이 남아 독자에게 한편으로는 불쾌한 상상력을 주면서, 다른 한편으로 섬뜩함이 주는 즐거움을 선사한다.

확실히 인간의 내면에는 숭고함이나 아름다움을 추구하려는 의지가 있지만, 더럽고 추악하고 섬뜩한 본능을 표출하고 싶은 욕망도 있다. 위진남북조 시기를 전후로 재이설과는 별개로 나무에 사람 모양의 열매가 열린다는 기이한 이야기가 유행하기 시작하였는데, 이는 먼 이역異域에 대한 상상력과 연결되었다. 임방任昉의 『술이기述異記』에는 대식국大食國에 어린아이를 닮은 열매가 열리는 나무 이야기가 전해진다.

서해에 있는 대식국에는 네모난 돌이 있는데, 돌 위에 나무가 많이 자란다. 가지는 붉고 잎은 푸르며, 가지에는 항상 어린아이가 자란다. 길이는 6~7치쯤 되는데, 사람을 보면 웃으며 손과 발을 움직인다. 머리가 나뭇가지에 붙어 있어서 가지를 꺾으면 어린아이는 바로 죽는다.

대식국은 사라센 제국을 일컫는데, 실크로드가 열리면서 중국과 교류하기 시작하였다. 비단을 실어나르던 길은 가보지 못한 곳에 대한 동경과 상상력 가득한 공간이 되었고, 대식국은 호기심 가득한 나라로 상상되었다. 길이 6~7치는 약 20센티미터 크기로, 아기 모양의 열매가 나무에 주렁주렁 매달려 있는 것을 상상만 해도 섬뜩한

그림 2-1 『고금도서집성古今圖書
集成』 권78에 묘사된 대식국의
풍경. 대식국에는 어린아이를
닮은 열매가 열리는 나무가 있
다고 전해진다.

데, 열매가 마치 아이처럼 인지 능력이 있어 사람을 보면 웃고 손발
을 움직인단다. 게다가 나뭇가지를 꺾으면 아이가 죽는다고 하니, 영
아 살해라는 끔찍한 폭력을 연상시키기도 한다.

민간에서 떠돌던 기이한 상상력은 실크로드로 더욱 자극받으며
『서유기』에 이르러 극대화된다. 당나라 고승 현장玄奘이 불교 경전
을 가져오기 위해 627년 천축天竺 즉 인도, 파키스탄, 방글라데시 등
의 지역으로 떠났다가 힌두쿠시와 파미르의 두 험로를 넘어 645년

장안으로 돌아왔다. 인도 여행기는 『대당서역기大唐西域記』 12권으로 기록되었지만, 현장의 험난한 여행 이야기는 당시부터 상상력이 더해져 수많은 전설을 만들어내었다. 현장을 둘러싼 여러 전설은 이역에 대한 상상력과 결합하며 『서유기』 창작의 제재가 되었다.

『서유기』는 삼장법사가 손오공, 저팔계, 사오정, 용마 등과 함께 서역으로 불경을 얻으러 가면서 81난難을 극복하는 이야기다. 게임이나 애니메이션 등에서 다루어지면서 『서유기』는 요괴와 맞서 싸우는 이야기로 묘사되지만, 사실 삼장법사 일행이 겪는 81가지 어려움은 대부분 심리적인 어려움, 유혹과의 싸움이다. 성욕과 식욕에 대한 유혹, 훔치고 난동을 부리는 일탈과 위법행위에 대한 유혹을 뿌리치고 깨달음을 얻는 과정이 작품의 주제다. 요괴는 주로 인간 내면에서 감추고 싶은 욕망을 드러내는 장치인데, 제24회 인삼과人蔘果라는 열매가 그중 하나다.

삼장법사 일행은 만수산萬壽山의 오장관五庄觀에 이르게 되었는데, 오장관에는 인삼과가 열리는 밭이 있었다. 인삼과는 3000년에 한 번 꽃이 피고, 3000년에 한 번 열매를 맺으며, 또 3000년이 지나야 익어서 먹을 수 있는 열매다. 열매의 모양은 사흘도 안 된 어린 아기와 비슷해서 손발에 눈, 코, 입까지 다 달려 있다. 열매의 냄새만 맡아도 360년을 살 수 있고, 하나를 먹으면 4만 7000년을 살게 된다고 한다. 고난은 이 지점에서 시작된다. 먹기만 하면 4만 7000년을 살 수 있다고 하지만, 아기와 똑같이 생긴 열매를 과연 먹을 수 있는가가 관건이다.

열매는 정말로 아기와 같아서 가지에 달려 있으면서 손발을 마구 움직이고 머리도 흔들며 바람이 불면 무슨 소리를 내기까지 한다. 더욱이 열매는 따서 바로 먹지 않으면 딱딱해져 먹을 수 없다. 삼장 법사는 기겁하면서 먹지 않겠다고 하지만, 손오공과 저팔계, 사오정은 채소밭에 몰래 들어가서 훔쳐 따먹는다. 이들이 열매를 훔쳐 먹은 죄 때문에 진원대선鎮元大仙에게 잡혀 곤욕을 치른 것은 당연한 결과다.

나보다 약하고 어린 존재를 죽이고 이를 잡아먹는 일은 문명이 발달한 사회에서는 상상도 할 수 없는 일이다. 하지만 인간은 그리 선한 존재가 아니라서 어두운 내면에 식인食人에 대한 상상을 숨기고 있을지도 모른다. 인삼과 모티프는 금기를 위반했을 때의 쾌감, 비이성과 광기에 빠진 디오니소스적 사유를 나타낸다. 정치적 해석과 징조로 시작된 사람 모양의 나무 열매 이야기는 기괴함을 좋는 시대적 유행과 더불어 흥행하였다가 실크로드, 서역에 대한 상상력과 결합하면서 인간 밑바닥에 숨어 있는 욕망을 말하는 모티프가 되었다.

아기 열매가 열리는 나무에 대한 상상력은 오늘날 동아시아 판타지에 그대로 수용되어 일본 애니메이션 〈십이국기十二國記〉에서 난과呀果로 표현되었다. 이목里木이라는 나뭇가지에 소원을 적은 띠를 묶어 부부가 함께 빌면 열매가 맺히고 열매 안에 아이가 태어난다는 상상력이다. 인간과 동물, 반인반수의 경계를 넘나드는 서사는 젠더 gender의 경계를 초월하고 새로운 형식으로 생명을 잉태하는 방식을 제시한다. 이처럼 기괴함은 익숙한 질서를 교란하고, 폐쇄되어왔던 사유를 개방하게 한다. 정신의 해방, 그것이 우리가 판타지를 읽는 이유가 된다.

기이한 신체

이 세상 남쪽 끝에 있는 산을 지나 바다 밖에는 가슴에 구멍이 뚫린 사람들이 사는 나라가 있다. 바로 관흉국貫胸國이다. 손끝에 가시 하나 박혀도 말할 수 없이 아프고 고통스러운데, 관흉국 사람들은 가슴에 구멍이 뚫려도 아무렇지 않게 다닌다. 심지어 어떤 사람은 가슴 구멍으로 대나무를 넣고 여기에 매달려 가는데, 언뜻 보면 벌을 받는 것처럼 보인다. 하지만 대나무에 매달린 사람은 전혀 아파하거나 고통스러워하지 않는다. 왜냐하면 대나무는 이 나라에서 귀한 사람만이 타고 다니는 가마이기 때문이다.

관흉국의 이웃 나라인 교경국交脛國 사람들은 정강이가 엇갈려 있다. 장비국長臂國 사람들은 팔이 길고, 장고국長股國 사람들은 다리가 길다. 삼수국三首國 사람들은 머리가 세 개고, 삼신국三身國 사람들은 몸이 세 개며, 상양산常羊山에 사는 형천形天은 목이 잘려도 죽지 않고 춤을 추고 있다. 이들의 신체가 이상하거나 장애가 있다고 여기면 그것은 편견이다. 그들에게는 정상과 비정상의 경계가 없다. 『산해경』 속 이방인들은 상상을 초월하는 기이한 형체를 하고서 저마다 욕망을 실현하며 조화롭게 살고 있다.

팔은 왜 늘 안으로 굽어야 하는지 평소 의문조차 품지 않고 당연시했던 사람들에게 교경국 사람들은 인간의 관절이 정해진 방향 외에 다른 방향으로 꺾이거나 굽을 수 있다고 알려준다. 혹은 물고기를 잘 잡고 싶은 사람은 팔을 뻗어 강 한가운데 있는 물고기를 쉽게 잡는 장비국 사람들을 부러워할 것이다. 다리가 길어 나무 열매를 잘 따는 장고국 사람들도 부러움의 대상이다. 머리가 세 개면 남들보다 세 배로 더 똑똑할 것이라는 상상, 아니면 몸이 세 개라 일을 세 배로 더 잘할 거라는 상상, 목이 잘려도 죽지 않는 신체에 대한 상상은 평범한 신체를 가진 인간의 욕망이 투영된 결과다.

　유교적 사유에서 몸은 예禮에 따라 닦고 수행되어야 했고, 함부로 훼손하지 않는 것이 효孝의 기본이었다. 문명화된 사회의 교양과 예절은 늘 우리의 몸을 자유롭게 두려 하지 않는다. 하지만 무의식, 광기, 신화적 상상력 등에 토대를 둔 지괴에서는 몸에 대한 어떠한 불온한 상상도 허용이 된다. 현실 속에서 무겁게 억압되어 있는 몸을 마음대로 비틀고 찌그러뜨리는 상상은 인간 내면에 있는 광기와 야수성, 공격성을 자극하는 묘한 쾌감을 준다. 가슴에 구멍이 나고 머리가 잘려나가도 고통스럽지 않은 신체는 욕망의 다른 이름이다.

　현실의 중압감과 억압으로부터 해방감, 몸을 자유롭게 하려는 욕망은 '비상' 모티프 등으로 드러난다. 인간은 끊임없이 날아다니는 능력을 갈망해왔고, 그 갈망을 투사시킬 수 있는 대체물들을 생각해왔다. 새를 숭배하는 토템이나 바람, 연기를 타고 하늘로 오르락내리락하는 신선을 동경하는 심리 역시 여기에서 시작되었다. 그런데 새, 바람이나 연기를 타거나 날개옷을 입는 상상은 비교적 우아

그림 2-2 『산해경』에 묘사된 관흉국 사람들. 대나무에 매달려 가는 사람은 신분이 높은 사람이다.

그림 2-3 『고금도서집성』 권107에 묘사된 교경국 사람의 모습. 정강이가 엇갈린 모습은 신체에 대한 자유로운 상상력을 보여준다.

그림 2-4 『고금도서집성』 권107에 묘사된 삼수국 사람의 모습.

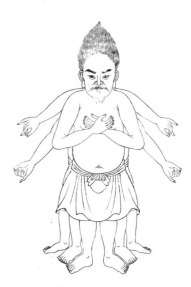

그림 2-5 『고금도서집성』 권87에 묘사된 삼신국 사람의 모습.

그림 2-6『고금도서집성』권29에 묘사된 형천의 모습. 황제黃帝와 싸우다가 패배하여 목
이 잘렸지만, 죽지 않고 살아나 저항의 춤을 추고 있다.

하다. 이와는 달리 엉뚱하면서도 괴기스럽게, 전혀 우아하지 않은 방법으로 비상을 꿈꾸는 이야기가 있다.

진秦나라 때 남쪽 지역에 낙두落頭 종족이 있었는데, 머리가 날 수 있었다. 이 종족의 부락에 충락蟲落이라는 제사祭祀가 있어 이를 종족 이름으로 삼아 불렀다. 오나라 때 장군 주환朱桓이 하녀 하나를 거두었는데, 매일 밤 누워 잠들면 머리가 날아갔다. 어떤 때는 개구멍으로, 또 어떤 때는 지붕창으로 들락날락했다. 귀를 날개 삼아 날다가 새벽이 되면 돌아왔다. 이런 일이 자주 일어나 주변 사람들이 괴이하게 여겼다. 밤에 등불로 하녀를 비춰보면, 머리는 없고 몸만 있었다. 몸은 약간 차갑고 호흡은 겨우 이어지고 있었다. 이불로 몸을 덮었더니 새벽에 머리가 돌아왔으나 이불이 덮여 있어 머리가 몸에 붙지 못하였다. 머리가 두세 번 땅에 떨어져 탄식하고 근심했으며 몸의 호흡도 매우 가빠지며 곧 죽을 것 같았다. 바로 이불을 걷어내자 머리가 다시 일어나 목에 붙었고, 금세 편안해졌다.(『수신기』 권12)

이 이야기는 남만南蠻, 즉 장강 유역의 남쪽 지역을 오랑캐 땅으로 규정하고, 주변 문화에 대한 편견을 나타내는 것으로 해석된다. 중원을 세상의 중심으로 보는 시선은 저 먼 남쪽 땅을 기이한 현상들이 가득한 공간으로 바라보았다. 이성의 검열에서 벗어난 상상력은 머리가 몸에서 떨어져 날아다니는 종족이 남방 오랑캐의 땅에 산다는 이야기를 만들어내기에 이르렀다. 밤만 되면 머리가 날아다니다가 새벽이 되어 돌아오는 낙두 종족은 하늘을 날아다니는 꿈, 무의식의 체험에 대한 서사적 표현이다.

어릴 때부터 요정이나 마법사 이야기를 익히 접해온 독자라면, 인간이 나는 방법을 어떻게 상상할까. 대부분 등에서 날개가 나와 날거나 하늘을 나는 빗자루를 타고 날아다니는 것을 상상한다. 하지만 동아시아 서사에서 인간은 커다란 귀를 날개 삼아 날 수 있다고 상상하였다. 길게 늘어진 귀에 대한 상상력은 『산해경·해외북경海外北經』 섭이국聶耳國에서 찾아볼 수 있다. 섭이국 사람들은 귀가 너무 커

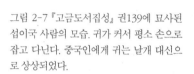
그림 2-7 『고금도서집성』 권139에 묘사된 섭이국 사람의 모습. 귀가 커서 평소 손으로 잡고 다닌다. 중국인에게 귀는 날개 대신으로 상상되었다.

서 평소에 귀를 잡고 다닌다. 솔직히 팅커벨처럼 예쁘지는 않다. 하지만 그 역시 편견이다. 익숙하게 보다 보면 오히려 정겹다.

몸 일부가 떨어져나가는 상상은 의식의 내면에 깊숙이 숨어 있는 야만적 욕망과 본능, 쾌감을 드러내지만, 다른 한편으로 불쾌감이나 공포, 불안의 감정과도 연관된다. 머리가 날아다니는 종족의 이야기는 남만의 땅을 야만의 공간으로 규정하고 타자화하려는 시도와 무관하지 않다. 신체 일부가 잘려나가는 분신分身 모티프는 더 나아가 인도라는 낯선 공간에 대한 두려움과 결합하여 그로테스크한 분위기를 연출한다.

진晉나라 영가永嘉 때 어떤 인도 사람이 강남에 왔다. 인도 사람은 여러 환술을 부렸는데, 혀를 잘랐다가 다시 붙이고 불을 뿜어내기도 했다. 인도 사람이 가는 곳마다 사람들이 모여서 구경하였다. 그는 혀를 자르려고 할 때, 먼저 혀를 내밀어 사람들에게 보여준 뒤 칼로 잘랐다. 피가 흘러 땅을 덮었는데도 자른 혀를 그릇에 넣어 사람들에게 돌려가며 보게 하였다. 잘린 혀를 보고 다시 입안을 보니 잘리지 않은 혀의 나머지는 입속에 그대로 있었다. 이윽고 사람들이 혀를 돌려주었더니 거두어 입에 넣고 붙였다. 잠시 앉아 있었는데, 그 자리에 있던 사람들은 혀가 원래대로 된 것을 보고 그가 진짜 혀를 잘랐는지 아닌지 알 수 없었다.(『수신기』 권2)

혀를 잘랐다가 붙이는 환술은 아마도 오늘날 마술과 같은 눈속임이었을 것으로 짐작된다. 인도에서 온 이방인을 바라보는 사람들의 시선은 호기심에 가득 차 있고, 그 친숙하지 않은 행동은 낯선 두려움을 불러온다. 혀를 자르고 불을 뿜어내는 마술은 놀라움 그 자체다. 혀를 잘라도 죽지 않고 피가 땅에 가득 흘러내리는 충격만큼 인도에서 온 이방인, 낯선 존재에 대한 느낌도 강렬하고 두렵다. 낯선 두려움은 이방인을 타자화하고, 신체에 대한 폭력은 내면에 숨어 있던 공격성과 야만성이 해방되는 쾌감을 준다.

신체 일부가 떨어져나가는 상상은 죽음의 이미지를 연상시키기에 끔찍하고 두렵다. 그렇기에 신체가 파괴되어도 죽지 않는 이야기는 불굴의 투지를 표현하는 수단이 되기도 한다. 앞서 『산해경』의 형천 이야기가 그렇다. 형천은 염제炎帝의 후예로 황제黃帝와 신의 자리를 놓고 다투었다. 격렬하게 싸웠으나 결국 패하였고, 황제는 형천의 목을 잘라 상양산에 묻었다. 형천은 억울해서 죽을 수 없었고 그대로 몸에 변형이 일어났다. 가슴은 눈이 되고 배꼽은 입이 되어 방패와 도끼를 들고 저항의 춤을 추었다.

적비赤比 역시 그랬다. 부모의 원수를 갚지 못한 한이 너무도 깊어 스스로 목을 자르고도 몸이 곧바로 쓰러지지 않았다.

적비가 스스로 자신의 목을 베어 두 손으로 머리와 검을 받들어 협객에게 바쳤지만, 몸은 뻣뻣하게 서 있었다. 협객이 말하였다.

"그대를 저버리지 않겠네."

그러자 시체는 바로 고꾸라졌다. 머리를 가지고 초楚나라 왕을 알현하자 왕은 크게 기뻐했다. 협객이 말하였다.

"이것은 용사의 머리이니, 끓는 솥에 넣고 삶아야 합니다."

왕이 그 말대로 하였다. 하지만 사흘 밤낮 삶았으나 머리는 문드러지지 않았고, 오히려 끓는 물속에서 튀어나와 눈을 부릅뜨고 크게 화를 내었다. 협객이 말하였다.

"이 아이의 머리가 문드러지지 않으니 전하께서 직접 가셔서 보시면 반드시 문드러질 것입니다."

왕은 바로 솥 가까이 다가갔다. 협객이 검으로 왕의 목을 치니 머리가 잘려 끓는 물 속으로 떨어졌다. 협객도 자기 목을 잘라 머리가 끓는 물 속에 떨어지게 했다. 세 사람의 머리가 모두 문드러지니 누가 누구인지 식별해낼 수 없었다.(『수신기』권11)

적비는 초나라 간장干將과 막야莫耶의 아들이었다. 부부가 초나라 왕을 위해 3년 만에 검을 만들었는데, 칼이 늦게 완성되는 바람에 왕이 화가 나서 죽이려고 하였다. 간장과 막야는 두 자루의 검을 만들어 그중 하나만 왕에게 바쳤고, 결국 이 일로 부모가 모두 죽게 되었다. 적비는 복수를 하려고 해도 방법이 없어 절망하던 중 지나가던 협객이 사연을 듣고 도와주겠다고 하였다. 적비는 현상금이 걸려있는 자신의 목을 서슴없이 쳐냈고, 협객은 그 목을 가지고 초나라

그림 2-8 중국 강소성江蘇省 소주蘇州의 호구虎丘에 있는 시검석試劍石. 오나라 왕 합려闔閭가 간장과 막야가 만든 칼을 시험해보기 위해 바위를 내리쳤더니 돌이 쪼개어졌다는 전설이 전해진다. ⓒ 김지선

왕에게 접근하여 복수할 수 있었다.

칼로 스스로 목을 자를 수밖에 없었던 적비의 심성은 얼마나 처참했을까. 적비는 목이 잘려나가도 한동안 쓰러지지 않는다. 협객이 그 억울한 마음을 위로해주자 그제야 몸은 힘없이 쓰러진다. 적비의 머리가 사흘 밤낮 동안 끓는 가마솥에 있어도 익지 않고 눈을 부릅뜨고 왕에게 화를 내는 광경 역시 엄숙하고 비장하다. 부모의 원수를 갚고 왕의 목이 잘려나갈 때까지 적비의 영혼은 온전한 죽음의 시간을 유예한다. 육체의 한계를 뛰어넘어 영혼의 불멸성을 획득하는 순

간 복수는 완성된다. 해체된 신체와 기괴함이 비장함으로 승화되는
순간이다.

—제3장

귀鬼:
그들도
우리처럼

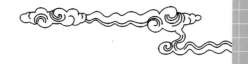

무덤에서 나온 여인

한여름만 되면 무서운 귀신 이야기를 찾는 사람들이 많아진다. 공포
체험 역시 여름이 성수기다. 두렵고 무서운 감정은 인간에게 부정적
인 것인데, 여름만 되면 굳이 돈을 내고서라도 두렵고 무서운 감정
을 체험하고자 한다. 귀신 이야기만큼 인간의 호기심을 자극하는 것
이 있을까. 인간은 죽음, 타자의 세계와 격리되어 있음을 확인하는
순간, 존재하고 있음을 확인하게 된다. 동시에 죽음의 원천으로 돌아
가 죽음의 충동을 삶의 새로운 의미 작용으로 변형하고자 한다. 한
바탕 오싹한 느낌은 일종의 카타르시스가 된다. 귀신 이야기든 위
험한 놀이기구든, 무서운 것을 체험하고 싶은 마음은 인간의 본능
이다.

   일원론적 사유과 이원론적 사유에서 가장 큰 차이 중 하나는 '죽
음'에 대한 인식이다. 음과 양이 서로 배타적이지 않고 갈마든다고
생각하는 일원론적 사유에서 삶과 죽음, 이승과 저승, 자아와 타자의
경계는 구분되어 있지 않다. 인간과 귀신 역시 크게 다르지 않다고
생각하기에 귀신은 늘 인간이 사는 공간으로 들어온다. 혹은 인간이
죽어서 저승을 보고 돌아왔다는 이야기도 적지 않게 전해진다. 저승
역시 인간 세상과 똑같다고 상상된다. 거기에도 관료사회가 있고, 뇌
물을 주면 죽은 사람도 저승에서 좋은 관직에 오를 수 있다.

제주도에서 전승되는 무가巫歌 「천지왕본풀이」는 어떤가. 대별왕과 소별왕이 이승을 차지하기 위해 내기를 하였으나, 착한 대별왕이 내기에서 진다. 대별왕은 패배를 인정하고 저승으로 가는데, 떠나면서 이승은 죄가 만연한 세상이 될 것이라고 예언한다. 심성 나쁜 소별왕이 이승의 주인이 되면서 이승은 정말로 살기 힘든 곳이 되었고, 대별왕이 다스리는 저승은 맑고 청량한 법이 정해졌다. 이승은 좋고 저승은 나쁘다는 인식은 편견에 불과했던 것이다. 선과 악, 이승과 저승, 삶과 죽음의 경계는 서로 교차하며 움직인다. 음양의 순환이 빚어낸 역설적인 결말이다.

누구나 내가 속한 이승이 안전하고 편안한 곳이라고 믿고 싶다. 이승이 좋은 곳이 되려면, 저승은 나쁘고 안 좋은 곳이 되어야 한다. 하지만 염라대왕은 그 생각의 틀을 깨어버린다. 이승에서는 억울하고 불합리한 일들이 많이 일어나니, 저승에서라도 누군가 부조리한 현실을 바로잡아주어야 한다. 염라대왕은 그 역할을 충실하게 해낸다. 저승만큼은 악을 심판하고 공평한 세상이 되도록 노력한다. 게다가 환생이라는 개념까지 더해져 죽음에 대한 상상력은 더욱 풍부해졌다. 죽음이 삶의 끝이 아니라 새로운 시작이라는 인식은 죽음의 공간이 이 세상과 분리되지 않았음을 말해준다.

드라마 〈킹덤〉이 전 세계 시청자를 매료시킨 이유도 여기에 있다. 의녀 서비는 좀비가 된 백성들을 바라보며 "저들은 산 자도, 죽은 자도 아니다"라고 말한다. 물론 좀비는 여전히 두려운 존재고, 등장인물들은 좀비에게 물리지 않기 위해 고군분투한다. 하지만 〈킹덤〉에서 좀비는 완전히 타자의 공간에 속한 존재가 아니다. 피에 허기져 떼를 지어 몰려다니는 좀비들에는 배고프고 고달픈 민초의 모습이 투영되고, 왕세자 이창의 애민愛民정신과 좀비가 결합하여 〈킹덤〉의 서사는 특별해진다. 확실히 타자적 존재, 죽음의 이미지만 강렬하게 드러나는 서구의 좀비와는 다르게 해석된다.

〈킹덤〉의 상상력을 더욱 특별하게 해주는 모티프는 '생사초'다. 죽은 자를 살려내는 식물로 〈킹덤〉의 세계관에서 중심을 차지하고 있다. 좀비를 완전히 죽은 존재로 다루지 않고, 언제든 살려낼 수 있는 생명체로 간주한 결과다. 『해내십주기海內十洲記』에서는 취굴주聚窟洲에 죽은 사람을 살려내는 향이 있다고 하였다. 반생향反生香, 각사향却死香 등으로 불리는데, 각각 산 사람으로 돌아오게 하는 향, 죽음을 물리치는 향이라는 뜻이다. 죽은 사람에게 이 향을 맡게 하면 더는 죽지 않게 된다고 한다. 향이 죽은 영혼을 끌어내어 원래 자리로 돌아오게 하는 것으로, 삶과 죽음의 경계가 열려 있다고 믿었던 동아시아적 상상력이 발휘되는 순간이다.

그런데 『수신기』의 작가 간보에게 죽은 사람이 살아 돌아오는 일은 단순히 상상력의 문제가 아니었다. 『진서晉書』 권82 「간보전干寶傳」은 간보가 『수신기』를 쓰게 된 동기가 두 가지였다고 전한다. 첫 번째는 간보의 부친이 생전에 총애하였던 시녀가 살아 돌아온 사건이다. 부친이 사망한 후, 평소에 시녀를 질투했던 간보의 모친이 그녀를 함께 무덤에 묻었다. 그 후 모친이 사망하였고, 집안에서 합장하려고 무덤을 열어보니 시녀가 살아 있었다는 것이다. 두 번째는 간보의 형이 병에 걸려 죽었다가 살아난 사건이다. 호흡이 끊어졌다가 며칠 만에 깨어나 저승에서 귀신을 만난 이야기를 간보에게 해주었다고 한다.

이 믿을 수 없는 이야기가 『진서』라는 역사서에 기록되었다는 것이 믿기지 않는다. 『수신기』를 쓴 간보가 『진기晉紀』20권을 쓴 뛰어난 사관史官이었다는 사실도 놀라울 따름이다. 원래 역사란 사실에 대해 객관적인 태도로 기록하는 것인데, 이는 사실과 환상을 구분하지 못한 결과이다. 혹은 간보가 정말로 귀신의 존재를 믿어서 역사를 기록하듯 귀신 이야기를 기록하였다는 해석도 있다. 『수신기』는 무덤에서 살아난 여인의 이야기를 이렇게 묘사하고 있다.

위魏나라 때 태원太原에서 어떤 사람이 무덤을 파고 관을 부수었더니 관 속에 살아 있는 여인이 있었다. 무덤에서 끌어올려 말을 주고받으니 살아 있는 사람이었다. 수도로 보내 원래의 사정을 물어보았으나 아무것도 기억하지 못했다. 무덤 위의 나무들을 살펴보니 30년은 된 듯하였다. 이 여인이 계속 30년 동안 땅에 묻힌 채 살았던 것인지, 아니면 하루아침에 갑자기 살아나 우연히 무덤을 판 사람과 만난 것인지 모르겠다.(『수신기』 권15)

이 이야기는 매우 불친절하다. 앞뒤의 상황이 어떠하였는지 우리에게 전혀 알려주지 않고 있다. 간보는 그 어떤 부연설명도 하지 않고, 냉정하고 객관적인 태도로 무덤에서 살아난 여인의 상황만 서술하였다. 여인이 30년 동안 무덤에서 살았던 것인지 갑자기 무덤에서 튀어나온 것인지 알 수 없다는 질문만 하고, 자신의 해석은 덧붙이지 않았다. 이야기를 자신의 방식대로 풀이하고 재구성하는 것은 간보의 입장에서는 그야말로 '소설'이 되어버린다. 최대한 소설이 아니라 '역사'가 되기 위해 간보는 최대한 들은 그대로 기록하는 태도를 보인다.

그렇다고 그 옛날 사람들이 이성적 판단이 떨어지고 무지몽매하여 귀신의 세계를 믿었다고 쉽게 말할 수는 없다. 근대과학이 발달한 시대에도 불가사의한 현상은 계속 일어나고, 이를 믿는 사람들도 적지 않다. 간보는 유학자들의 비난을 감수하고서라도 『수신기』를 썼고, 역사를 서술하는 태도로 괴력난신의 세계를 기록하였다. 적어도 간보는 사람의 이목을 끌려고 일부러 황당무계한 이야기를 지어서 쓰지 않았다. 전쟁이 일어나고 사람들 사이에서는 온갖 흉흉한 이야기들이 떠돌았던 당시, 간보는 이 모든 것을 놓치지 않고 수집하여 기록으로 남기고자 하였다.

사실이 뭐가 되었건 간에, 부친의 첩이 무덤에서 살아나고 형이 죽었다가 살아난 이야기는 간보에게 커다란 충격으로 다가왔을 테다. 그것은 죽음에 관한 문제였고, 인간이 궁극적으로 탐구해야 할 주제였다. 비록 '이야기'의 형식에 불과하지만, 유幽(저승)와 명明(이승)이 왕래한 이야기는 당시 사람들이 삶과 죽음을 어떻게 받아들이며 살고 있었는지 보여주는 근거가 된다. 인간이 타자의 세계와 교류하였던 다양한 방식이 이야기 안에 그대로 녹아 있다. 물론 귀신이야기는 재미있다. 과거와 현재, 죽음과 삶, 꿈과 현실의 경계를 무너뜨리는 이야기는 간보의 원래 의도와는 다르게 무한한 상상력의 동력이 되었다. 그렇다면 우리는 그저 재미있게 읽어주면 된다. 그것이 고전을 대하는 진지한 태도다.

죽음을 초월한 사랑

사랑에 빠진 사람은 용감하다. 강한 의지와 열정으로 어떤 장애도 두려워하지 않고 극복하고자 한다. 불같은 사랑은 비극적 결말로 이어지기도 하지만, 그렇다고 죽음을 두려워하지는 않는다. 사랑은 죽음을 부르고, 죽음은 다시 사랑을 살려낸다. 그래서 인간에게 사랑은 늘 강렬한 감정으로 남아 있다. 이제는 고전이 되어버린 영화 〈천녀유혼倩女幽魂〉이나 〈사랑과 영혼Ghost〉이 여전히 감동을 주는 이유도 죽음을 초월한 애절한 사랑에 있다. 죽어서도 사랑하는 이를 지키는 영혼 이야기는 아무리 세월이 흘러도 진부하지 않다.

그런데 둘 다 인간과 영혼의 사랑을 다루고 있지만, 사랑을 나누는 방식에서 차이가 난다. 〈천녀유혼〉에서는 영채신寧采臣과 섭소천聶小倩이 서로 대화를 하고 살을 맞대며 함께 살지만, 〈사랑과 영혼〉에서 몰리는 죽은 샘의 영혼을 전혀 느끼지 못한다. 샘의 영혼이 몰리 주변을 맴돌다 궁극에는 영능력자 오다의 몸으로 들어가 교감하지만, 몰리가 듣는 목소리나 만지는 육체는 진짜 샘이 아니라 현실의 오다이다. 공교롭게도 〈천녀유혼〉은 홍콩에서, 〈사랑과 영혼〉은 할리우드에서 제작되었다. 이는 죽음에 대한 인식이 전혀 다른 데서 비롯된 결과다.

이원적 사유에서 이승과 저승은 철저하게 분리되어 있다. 이원론은 대립의 원리로 우주의 질서를 설명한다. 이항 대립의 요소들은 독립적이기에 다른 것으로 환원되지 않는다. 저쪽 영역의 것은 어느 하나도 이쪽 영역으로 침범할 수 없다. 이런 상황에서 가장 억울한 자는 죽음의 신 하데스다. 하데스는 그저 죽음을 관장하고 지하세계를 다스리는 신일 뿐인데, 어느 순간 서사에서 '악惡'으로 묘사되기 시작하였다. 급기야 디즈니 애니메이션 〈헤라클레스Hercules〉에서 하데스는 세상의 대혼란을 일으키는 악의 원흉이 되었다. 죽음은 두려운 것이지만, 악은 아니다.

여하튼 현실의 장애를 극복하고 죽음을 초월하는 데에 '사랑'만큼 강력한 원동력은 없다. 인간이 느끼는 감정 중에서 사랑은 그만큼 특별하다. 지극한 사랑은 하늘을 감동시키고, 무덤 속에 있는 자를 살아 돌아오게 한다. 여기서 이승과 저승의 경계를 넘나들려면 문이 필요하다. 동아시아 서사에서 문은 주로 '무덤'이다. 벽을 통과하면 호그와트라는 비밀의 세계가 열리듯, 무덤을 통과하면 다른 차원의 세계가 열린다. 그래서 죽은 자를 되살리기 위해 먼저 해야 할 것은 무덤을 파헤치는 일이다.

진시황 때 장안長安 사람 왕도평王道平도 사랑하는 여인을 되살리기 위해 무덤을 파헤쳤다. 같은 마을에 사는 여인 당보유唐父喻와 부부가 되기로 맹세하였으나, 왕도평이 징병으로 끌려가면서 두 사람은 헤어졌다. 9년이 지나도 돌아오지 않자, 당보유의 부모는 딸을 유상劉祥이라는 자에게 시집보냈다. 당보유는 한사코 거부하였지만 부모의 압박을 견디지 못해 유상에게 시집갔고, 3년 만에 우울함이 깊어져 죽었다. 그 후 왕도평이 돌아와 사실을 알고 무덤 앞에서 여인의 이름을 세 번 부르며 통곡하였더니 당보유의 영혼이 무덤에서 나왔다.

어디 갔다가 이제야 오셨습니까? 헤어진 지 너무 오래되었습니다. 당신과 부부가 되어 평생 함께하기로 맹세하였으나 부모님이 저를 억지로 유상에게 시집보냈습니다. 시집간 지 3년이 되도록 밤낮으로 당신을 그리워하다가 한이 맺혀 죽고 말았습니다. 저승길이 우리를 갈라놓았군요. 그러나 당신이 옛정을 잊지 않고 찾아와 이토록 위로해주시니 방법을 한 가지 알려드리겠습니다. 제 몸은 썩지 않았으니 다시 살아나 부부가 될 수 있습니다. 빨리 무덤을 파고 관을 부수어주십시오. 저를 무덤에서 꺼내면 살아날 것입니다.(『수신기』권15)

두 사람의 사랑과 기다림, 절절한 마음은 한이 되었고, 지극한 마음이 통하여 왕도평은 당보유의 혼을 무덤에서 소환하였다. 세월이 지나도 시체가 썩지 않았다는 것은 믿을 수 없는 사실이다. 하지만 영원불멸에 대한 인간의 갈망은 강렬하여 시신만 썩지 않으면 인간으로 살아 돌아올 수 있다고 믿었다. 왕도평은 당보유의 말대로 무덤을 파고 관을 부수어 시체를 꺼내었고, 당보유는 그대로 살아났다. 음의 세계에 있던 자가 양의 세계로 침범해 들어와도 이들에게는 전혀 꺼림칙한 일이 되지 않았다.

'죽은 여인이 살아나 두 사람은 행복하게 잘살았다.' 사실 이렇게 끝났더라면 이야기는 훨씬 낭만적이다. 그러나 이야기는 낭만보다 현실을 직시하라고 한다. 생전에 혼인했던 남편 유상이 관청에다 소송을 거는 일이 일어난다. 당보유는 원래 자신의 아내였으니 왕도평에게 아내를 양보할 수 없다는 이유이다. 이야기의 후반부에는 꽤 진지한 상황이 연출된다. 남편이 관할 주州와 현縣의 관청에 소송하였으나, 이를 판결할 법률이 마련되어 있지 않았다. 이 사건은 결국 왕에게까지 보고되었고, 왕은 당보유가 왕도평과 맺어져야 한다고 판결내렸다. 죽음을 초월할 만큼 '지극한 사랑'이었기에 왕은 왕도평의 손을 들어준 것이다.

전 세계 신화에서 죽은 사람을 살려내는 권능은 대부분 여신에게 있다. 그리스의 아프로디테, 바빌론의 이슈타르, 이집트의 이시스 등에 이르기까지 삶과 죽음의 경계를 넘나들며 죽은 자를 부활시킬 수 있는 자는 대지모신大地母神이다. 신화에서 여성은 달, 뱀 등과 같은 계열로 분류된다. 달이 주기적으로 찼다가 이지러지고, 뱀이 시간이 지나면 허물을 벗는 것은 여성의 생리 주기를 연상시킨다. 삶과 죽음, 부활은 순환적 시간관을 나타내고, 죽은 자를 살려내는 역할은 늘 여신의 몫이었다. 죽은 아내를 살리기 위해 저승까지 갔으나 결국 살려내지 못한 오르페우스와 사뭇 대조적이다.

반면 동아시아 서사에서 죽은 자를 부활시키는 사람은 대부분 남성이다. 죽은 영혼으로 나타나는 사람은 여성인데, '여성'과 '귀鬼'가 음에 해당하기에 치환되기 쉬운 관계로 볼 수 있다. 하지만 남성 중심의 유교 사회에서 사건을 주도적으로 해결하기 위해서는 남성이 인간의 위치에 처해 있어야만 했다. 영혼은 저마다 억울한 사연을 가지고 '한'을 풀기 위해 직접 모습을 드러낸다. 『장화홍련전』, 아랑 전설 등에서 그랬듯이, 원혼冤魂 모티프는 용감하고 판단력이 뛰어난 고을의 관리가 죽은 영혼을 대신해서 죽음에 얽힌 의문점을 추적하고 범죄를 밝히는 추리극으로 연결된다.

한나라 때 교주자사交州刺史였던 하창何敞의 꿈에 갑자기 소아蘇娥라는 여인이 나타났다. 비단을 팔러 길을 떠났다가 강도를 만나 죽임을 당했으니 억울함을 풀어달라는 것이었다. 죽은 여인의 영혼을 마주한 하창은 귀신의 말이 사실인지 아닌지 믿지 못한다. 소아는 자신이 살해당할 때 입었던 옷과 신발 색깔을 말해주었고, 하창은 이를 확인하기 위해 무덤을 파헤친다. 과연 귀신이 알려준 일은 모두 사실이었고, 하창은 범인을 잡는다. 이승과 저승, 꿈과 현실, 실재와 환상이 서로 맞물리는 세계관에서 죽은 영혼은 힘없는 존재가 아니다. 현실에 적극적으로 참여하고, 악행을 처벌하는 힘을 발휘하기도 한다.

때로 영혼은 현실에서 직접 표현하기 어려운 욕망을 드러내는 장치가 된다. 진秦나라 민왕閔王의 딸은 생전에 혼인하지 못하고 죽어 귀신이 되었다. 원래 조曹나라에 시집가기로 되어 있었는데, 시집가기 전에 남편될 사람이 죽었다. 처녀 귀신이 된 여인은 시집을 가보지 못한 것이 한이 되었다. 23년을 그렇게 떠돌아다니다가 농서隴西 사람 신도탁辛道度을 찾아가 부부의 연을 맺자고 청하였다. 현실에서 여성이 남성에게 먼저 구애하는 것은 불가능한 일이었다. 그렇지만 귀신이 되어버린 민왕의 딸은 거리낄 게 없었다. 바로 신도탁을 찾아가 청혼하였고, 두 사람은 사흘 동안 부부의 연을 맺었다.

무덤을 통해 들어간 지하세계는 신도탁에게 별천지였다. 신도탁은 그동안 전혀 접해보지 못했던 세상에서 처음 본 여인의 영혼과 함께 지냈다. 인간이 귀신과 함께 지낼 수 있는 시간은 대체로 '사흘'이었다. 아무리 이승과 저승의 경계가 자유롭다고는 하나, 인간과 귀신의 세계는 유별하여 사흘이 넘어가면 음기가 강한 귀신이 인간을 위험하게 한다고 여겼다. 민왕의 딸은 신도탁과 영원히 함께 살 수 없다는 것을 알고 있었고, 사흘이 지나자 눈물을 흘리며 이별을 고하였다.

당신은 산 사람이고 저는 귀신입니다. 당신과 이미 인연을 맺었지만, 이 만남은 사흘 밤까지만 괜찮고, 더 오래 넘어가면 안 됩니다. 사흘이 지나면 당신이 화를 입을 것입니다. 이 이틀 밤으로 깊게 얽힌 정을 다 펼쳐내지도 못하였는데, 헤어진 이후에는 당신과 나누었던 정을 무엇으로 증명할 수 있겠는지요?(『수신기』 권16)

민왕의 딸은 아무 일 없었던 듯 허무하게 헤어질 수 없어 신도탁에게 정표로 금베개를 주었다. 신도탁이 베개를 받고 무덤 문을 나서자 지하의 공간은 바로 사라졌다. 저승의 영혼과 이승의 남성이 부부 연을 맺었다는 사실을 누가 믿을 수 있겠는가. 이 기이한 상황을 증명해줄 것은 금베개밖에 없다. 이제 두 사람의 사랑이 사람들 앞에 밝혀지려면 금베개가 세상 밖으로 나가야 한다. 하필 신도탁이 저자에서 금베개를 팔려고 내어놓았을 때 왕비가 지나갔고, 왕비는 신도탁이 부장품을 훔쳤다고 오해하여 잡아들였다.

신도탁이 그동안의 상황을 고하였고, 왕비는 사실을 확인하기 위해 무덤을 파헤쳤다. 부장품들을 살펴보니 금베개만 보이지 않았다. 놀란 왕비는 시체의 옷을 벗겨 몸을 살폈고, 남성과 정을 나눈 흔적을 찾아내었다. 시집을 가지 못한 한 때문인지 시체는 썩지 않았고, 덕분에 인간 남성과 부부의 연을 맺을 수 있었던 셈이다. 왕비는 죽은 딸이 산 사람과 혼인했다며 기뻐하였고, 이를 감추어야 할 비밀이 아니라 칭찬해야 할 일로 여겼다. 심지어 신도탁을 진짜 사위로 받아들여 금과 비단, 수레를 하사하였고, 부마도위駙馬都尉에 봉하였다. 임금의 사위를 부마駙馬라고 부르게 된 것도 여기에서 비롯되었다.

금베개를 발견한 이후 왕비의 행동은 사실 이해하기 어렵다. 무덤은 경계를 넘나드는 문이라 허물거나 파헤치는 것은 불경한 행동이고 금기에 해당한다. 하지만 이 모든 상황은 왕비에게 현실이었고,

무덤을 파헤쳐서라도 확인하고 싶은 사실이 있었다. 영혼의 세계는 자꾸 현실을 향해 말을 건다. 그것은 환상이 아니라 실재가 될 수 있다고 말한다. 민왕의 딸은 금베개를, 오나라 부차夫差의 딸 자옥紫玉은 비단을 지상으로 올려보낸다. 지하에도 다른 세상이 펼쳐지고 있음을 알리는 메시지다. 무덤을 파헤친 덕분에 인간과 귀신이 교감하는 사실을 확인하게 되었다. 열린 시선으로 이계異界를 바라보는 자만이 사유의 확장, 정신의 자유를 얻게 된다.

섬뜩하거나 다정하거나

중국의 생사관生死觀에 따르면, 사람이 죽으면 영혼은 혼魂과 백魄으로 분리되어 혼은 하늘로 떠나고, 백은 육신 안에 남는다고 한다. 부장품은 백이 육신을 떠나지 못하도록 위로하기 위해 무덤에 넣는 것이고, 죽어서도 생전의 신분이 유지된다고 생각하여 이를 나타내는 물건들을 시체와 함께 매장하였다. 만약 백이 생전에 살던 곳으로 돌아오면 융숭한 대접을 못 받아서 돌아오는 것으로 여겼다. 이렇게 되돌아온 영혼을 '귀鬼'라고 하는데, 귀는 살아 있는 사람들을 해치거나 위협할 수 있는 존재로 인식되었다.

> 천지의 귀신은 우리와 공존하는 자들이다. 하지만 기가 나누어지면 성질이 다르게 되고, 영역이 다르면 형체도 다르게 되어 서로 함께할 수 없다. 살아 있는 것은 양기가 주관하고, 죽은 것은 음기가 주관한다. 성질이 주어진 대로 각자 타고난 것을 따른다. 음기가 매우 강한 곳에는 괴물이 있다.(『수신기』 권12)

우주의 근본 원리는 하나로 통한다고 믿는 일원론에서 인간과 귀신은 근원이 같다고 여겨졌다. 같은 근원을 공유하며 소통하고 공존하는 관계지만, 인간과 귀신은 다시 양과 음의 영역으로 나누어진다. 그리하여 지극한 음이 양의 영역을 침범하는 것은 위험한 일이 된다. 이로부터 음=여자=귀신은 일종의 공식이 된다. 음이면서 여자이면서 귀신이기도 한 타자는 남자를 유혹하여 정기를 뺏거나 남자를 위험에 빠트린다. 특히 아름다운 귀신의 유혹은 치명적이다. 귀신은 주로 정자에 머무는 나그네를 유혹하고, 귀신에 홀려버린 나그네들은 대부분 죽거나 병이 든다.

후한後漢 때 정기鄭奇라는 사람은 서문정西門亭에서 여자 귀신과 정을 나눈 뒤 갑자기 복통이 와서 죽었고, 영천潁川 사람 종요鐘繇는 정을 나누었던 여인이 귀신이라는 사실을 알고 화가 나서 칼로 허벅지를 베었다. 피를 흘리며 도망가는 귀신의 모습은 애처롭기까지 하다. 종요가 다음날 길에 떨어진 핏자국을 따라가보니 무덤이 나왔고, 무덤을 헤쳐 살펴보니 시체의 허벅지에 상처가 나 있었다. 기괴하고 섬뜩한 느낌, 죽음을 향한 본능은 에로티시즘과 연결된다. 이는 인간이 신과 합일된 경지를 느끼는 인신연애 이야기가 변형된 형태로, 에로티시즘은 인간과 귀신이 교감하는 하나의 방식이 되었다.

죽음과 에로티시즘의 금기를 깨트린 어느 남자 이야기가 있다. 한나라 때 담생談生이라는 자는 나이 마흔이 되도록 장가가지 못하였다. 어느 날 밤 『시경詩經』을 읽고 있는데, 나이 열예닐곱쯤 되어 보이는 아름다운 여인이 찾아와 혼인하자고 하였다. 여인의 조건은 딱 하나였다. 불로 자신을 비춰보지 말라는 것이다.

"저는 사람과 다르니 불로 저를 비춰보지 마십시오. 3년이 지나면 비춰 봐도 됩니다."

두 사람은 부부가 되어 아이를 낳았고, 아이가 두 살이 되었다. 담생은 호기심을 참지 못하고 밤에 아내가 잠든 틈을 타서 몰래 불에 비춰보았다. 허리 위로는 사람처럼 살이 생겼으나, 허리 아래로는 마른 뼈만 있을 뿐이었다.

"당신은 저와 한 약속을 저버리셨군요. 이제 거의 인간이 되어가고 있었는데, 어찌 한 해를 참지 못하고 기어이 비춰보셨습니까?"(『수신기』 권16)

사실 여자 귀신은 수양왕雎陽王의 딸이었다. 담생이 섣부른 행동을 하는 바람에 인간으로 완성되지 못하고 사라질 상황이 되었다. 담생은 잘못했다고 빌었으나, 수양왕의 딸은 울면서 영원한 이별을 고하였다. 그런데 귀신에게도 모성애는 있었다. 담생이 아이를 돌볼 때 돈이 없으면 안 되니, 자신의 부장품 중 값비싼 도포를 주며 생활비로 쓰게 하였다. 그리고는 완전히 이승을 떠났다. 담생은 도포를 팔기 위해 시장에 내놓았고, 왕궁 사람이 이를 알아보았다. 수양왕이 담생을 잡아서 고문하자 담생은 사실대로 말하였다. 왕이 무덤을 파헤쳐 부장품을 확인하였더니 도포만 없어졌을 뿐 아니라, 아이가 죽은 딸과 닮아 있었다. 왕은 그제야 담생을 사위로 인정하였다.

이 이야기는 프시케와 에로스의 이야기를 연상시킨다. 하지만 프시케와 에로스가 끝내 사랑을 이루어 결혼한 것과는 다른 결말을 보인다. 담생과 수양왕의 딸은 결코 사랑이 이루어져서는 안 되는 관계다. 거기에는 음의 영역이 양의 영역으로 전환되는 것에 대한 두려움이 깔려 있다. '불을 비추지 말라'는 금기에는 '3년'이라는 시간의 제한이 붙는다. 조금만 더 참았으면 사랑이 이루어졌을 텐데, 호기심에 신의를 저버린 담생의 행동이 원망스럽다. 하지만 금기로 정해진 시간의 약속은 반드시 파기되어야만 했다. 그래야 음의 영역이 온전히 양의 영역으로 전환되는 것을 막을 수 있기 때문이다.

귀신이 인간을 해친다는 인식은 분명 존재하지만, 다른 한편으로 귀신은 인간보다 더 인간적이고, 인간의 감정을 가진다고 상상되었다. 산기시랑散騎侍郎 왕우王祐는 귀신의 도움을 받아 목숨을 구했다. 귀신은 어떠한 보상도 바라지 않고 왕우를 구해주었는데, 아무런 조건 없이 인간을 도와주는 귀신은 치졸하고 이기적인 인간보다 더 인간적이다. 태원太原 사람 온서溫序는 타향에서 부하 장수에게 죽임을 당하였다. 죽은 혼은 고향이 너무도 그리워 아들의 꿈에 나타났고, 아들은 아버지의 유골을 찾아 고향으로 돌아왔다. 귀신도 인간과 똑같이 외로움을 느낀다.

귀신에 대한 다양한 상상력은 인간이 죽음에 대해 진지하게 고민하는 과정 그 자체다. 『수신기』는 당시 죽음에 대한 인식을 '이야기'의 형태로 남긴 결과물이다. 이야기는 단순히 문학이 아니다. 사람들이 살아오면서 느끼는 감정과 경험, 생활의 지혜가 집결된 것이기에 이야기는 지식이고 철학이며 역사가 된다. 비록 유학자들의 비난을 받았지만, 이 황당무계한 이야기들은 죽음을 나름의 방식으로 이해하고 해석하려는 시도였다. 이승과 저승의 경계가 열려 있는 생사관에서 죽은 영혼은 때로 자신이 죽었다는 사실을 깨닫지 못하고 현실 세계를 떠돌아다닌다. 하후개夏侯愷라는 사람이 그러하였다.

하후개는 자가 만인萬仁으로 병이 나서 죽었다. 촌수가 먼 일가친척의 아들 구노苟奴가 본래 귀신을 볼 줄 알았다. 구노가 보니 하후개는 자주 집으로 돌아와 말을 타려 하고, 아내를 걱정하고 있었다. 평상책平上幘을 쓰고 홑옷을 입은 채 생전에 앉던 서쪽 벽 큰 침상에 올라가 사람에게 차를 달라고 하기도 하였다.(『수신기』 권16)

하후개는 아마도 자신이 죽은 걸 자각하지 못한 듯하다. 여전히 집에 와서 말을 타려고 하고 아내를 걱정하며 평상시와 똑같은 행동을 하였다. 이승과 저승을 구분하지 못한 귀신 이야기는 포송령의 『요재지이』에서 극대화된다.

성이 섭씨葉氏인 어느 서생은 평소 문장력이 뛰어나다는 칭송을 받았지만, 시험 운이 없어 과거만 쳤다 하면 낙방하였다. 명나라 중기부터 과거를 준비하는 문인의 숫자가 늘어나기 시작하여 청나라에 이르러서는 문인이 기하급수로 늘어나 엄청난 경쟁률 속에서 과거가 치러졌다. 실력이 뒷받침되어야 하는 것은 물론이고 운도 따라줘야 하는데, 섭생은 좋은 문장을 썼으나 운이 나빠 계속 떨어졌다.

당시 현령이었던 정승학丁乘鶴이 섭생의 글재주를 알아보고 학자금이며 생활비를 지원해주었는데, 섭생은 지기知己의 기대를 저버린 것에 한이 맺혀 병이 나 드러눕게 되었다. 그러던 중 정승학이 다른 임지로 떠나게 되었고, 섭생은 며칠 뒤 정승학을 찾아갔다. 정승학의 아들을 가르치며 몇 년을 평화롭게 지내다가 섭생은 갑자기 집에 돌아가고 싶어졌다. 집으로 돌아가니 부인은 섭생을 보고 놀라 주저앉았고, 섭생은 돌아간 집에서 자신의 영정을 보고 충격을 받는다. 자신이 죽은 사실조차 몰랐던 것이다. 섭생은 그 자리에서 쓰러져 사라졌고, 사라진 자리에는 의관과 신발만이 그대로 남았다. 부인은 남편의 옷자락을 붙들며 슬피 울었다.

이 슬픈 이야기를 들으며 아마도 영화 〈식스 센스The Sixth Sense〉나 〈디 아더스The Others〉 등이 자연스럽게 떠오르는 사람도 있을 것이다. 하지만 영화에서 죽은 영혼이 자신의 실체를 자각하는 과정은 반전과 스릴러, 심리적인 공포를 겨냥한 설정에 불과하다. 반면 섭생의 사연에는 지독한 고독과 회한이라는 감정이 녹아 있다. 섭생은 세상에 대한 원망이 너무도 깊어 스스로 죽음을 인정하지 못하고 이승을 떠돌았다. 작가 포송령의 처지도 그러하였다. 여러 번 과거에서 낙방하고 끝없는 자책과 좌절, 외로움 속에서 포송령이 위로받을 수 있는 유일한 벗은 꿈속의 '귀신'이었다. 인간이 제일 무서운 세상에 귀신은 오히려 인간에게 위안의 대상이 될 수 있다.

어리석은 귀신들

저쪽에 있어야 할 귀신들은 열려 있는 문을 통과하여 자꾸 이쪽 세상을 찾아든다. 외견상 사람과 구분이 되지 않는 모습으로 나타나 인간 행세를 하고, 인간과 똑같은 음식을 먹으며, 술에 취해 너부러지기도 한다. 인간 세상을 재미나게 구경하던 귀신들은 사람들이 먹는 음식과 밥, 술이 먹고 싶었나보다. 그들은 동래東萊에서 술을 빚고 사는 지씨池氏를 찾아와 이것저것 챙겨 먹고는 길을 떠났다.

> 후한 건무建武 원년, 동래 사람 지씨는 집에서 늘 술을 빚었다. 하루는 기이한 손님 세 사람이 국수와 음식을 갖고 와서 그에게 술을 좀 달라고 하였다. 술을 다 마시고는 모두 떠났는데, 잠시 뒤 어떤 사람이 와서 세 귀신이 숲에서 술에 취해 있는 것을 봤다고 하였다.(『수신기』권16)

밤길을 가다가 귀신을 만나게 되면 얼마나 무서울까. 하지만 술에 취해 쓰러진 귀신이라니 그들은 그저 인간과 크게 다를 것 없는 존재가 된다. 이 이야기에서 술은 중요한 요소다. 거울이 귀신의 정체를 드러내듯, 술 역시 귀신이 본체를 드러내는 장치가 된다. 술은 이성을 마비시킨다. 마시면 긴장감이 풀리고 마음 깊이 있는 생각도 표현할 수 있게 한다. 인간처럼 술을 마시고 기분 좋게 쓰러진 귀신은 본체를 숨기지 않았다. 귀신이라는 존재에 대해 친근감이 느껴지는 순간이다.

귀신은 늘 우리 주변에서 맴돌면서 인간에게 짓궂은 장난을 치기도 한다. 일상의 공간을 돌아다니다가 아무렇지 않게 불쑥 나타나 인간을 놀라게 하고 달아난다. 물론 귀신의 장난에 인간은 놀라서 기절하기 직전이다. 하지만 그뿐이다. 내쫓고 퇴치해야 할 대상도 아니고, 그저 만나고 싶지 않은, 때로 약간 귀찮은 존재라고나 할까.

오나라 적오赤烏 3년, 구장句章 사람 양도楊度는 여요餘姚에 갔다. 밤에 길을 가는데, 비파를 든 소년이 수레에 태워달라고 하여 태워주었다. 소년은 비파를 수십 곡 연주하였는데, 연주가 끝나자 갑자기 혀를 토해내고 눈을 찢어 양도를 놀라게 하고 도망갔다. 다시 20여 리를 가다보니 어느 노인을 만났다. 노인의 이름은 왕계王戒라고 하였다. 양도가 다시 노인을 태우고 가다가 말하였다.

"방금 귀신을 봤는데, 비파를 너무 잘 타서 그 소리가 매우 애잔하였습니다."

"저도 비파를 탈 수 있습니다."

양도가 노인을 보니 바로 아까 그 귀신이었다. 다시 눈을 찢고 혀를 토해내니 양도는 놀라서 거의 죽을 뻔하였다.(『수신기』권16)

구슬프고 아름답게 비파를 탈 줄 아는 귀신이라니 너무도 낭만적이다. 귀신은 소년의 모습으로, 노인의 모습으로 변신하며 인간을 놀리는 데에 최선을 다한다. 비파소리에 매료된 까닭인지 양도는 그렇게 놀라고도 귀신인 줄 모르고 낯선 사람을 다시 수레에 태운다. 귀신은 보란 듯이 눈을 찢고 혀를 토해내어 순진한 사람을 놀리고는 사라져버린다. 양도의 입장에서는 죽을 것 같은 두려움이지만, 귀신에게는 사람의 목숨을 빼앗는 힘이나 권능이 없다. 무심하게 인간 앞에 쓱 나타나 놀라게 하고 사라지는 이 귀신 이야기는 한밤에 당신도 갑작스럽게 귀신을 만날 수 있으니 놀라지 말라는 당부 정도가 된다.

이는 같은 동아시아 문화권이지만 일본에서 오니鬼를 사악한 신으로 생각하는 것과는 차이가 있다. 오니는 경계 바깥의 존재가 침범해오는 두려움이 형상화된 요괴다. 저쪽 세계의 존재가 이쪽 세계로 침범해와 이쪽의 주민을 잡아가는 공포의 근원이 되었다. 특히 오니는 법의 경계 바깥 반역자나 무법자를 은유하였는데, 오니 이야기는 대부분 조정에서 파견 나간 용사가 오니를 퇴치하는 방식으로 마무리된다. 즉 천황을 중심으로 하는 질서에 복종하는지 아닌지가 자아와 타자를 구분하는 경계가 된다. 오니는 이처럼 종교적 접근이 아니라 다양한 역사적·문화적 맥락에서 이해할 필요가 있다.

여기저기서 귀신이 출몰했다는 이야기가 퍼지는 상황이 되자 용감하게 무귀론無鬼論을 주장하는 사람도 있었다. 그들은 귀신의 세계는 검증할 수 없기에 귀신이 있다고 믿는 것은 잘못되었다고 말한다. 마침 귀신이 없다고 주장하는 완첨阮瞻 앞에 진짜 귀신이 나타났다. 한사코 귀신이 없다고 말하는 완첨을 보며 귀신은 답답함을 느꼈다. 어쩔 수 없이 자신의 정체를 밝혔고, 귀신을 본 완첨의 표정은 굳어졌다.

완첨은 자가 천리千里로 평소 무귀론을 주장하였는데, 어떤 것으로도 그의 생각에 반론을 제기할 수 없었다. 매번 자신의 이론으로 충분히 이승과 저승에 대해 잘못된 생각을 따져 바로잡을 수 있다고 하였다. 하루는 어떤 손님이 통성명하며 인사를 하고는 세상의 이치와 도리에 관해 논하였다. 손님은 언변이 뛰어났다. 완첨이 한참 논하다가 이야기가 귀신의 일에 이르자 심할 정도로 계속 무귀론을 주장하였다. 손님이 드디어 굴복하고 정색하며 말하였다.

"귀신은 고금의 성현들도 모두 있다고 전하셨는데, 어찌 그대만 없다고 합니까? 내가 바로 귀신입니다."

그러고는 괴이한 형체로 변하더니 잠깐 사이에 사라졌다. 완첨이 잠자코 있다가 안색이 아주 나빠졌다. 한 해가 조금 지나서 병들어 죽었다.(『수신기』 권16)

완첨이 만난 귀신은 세상의 이치, 만물의 조화에 대해 인간과 토론할 정도로 지적이고 박식하다. 양도가 만난 귀신처럼 그저 장난만 치는 귀신은 아니었다. 완첨과 귀신은 서로의 관점을 관철하기 위해 치열하게 논쟁을 벌인다. 어떤 형태로 등장하든 귀신은 귀신이다. 께름칙하고 싫은 것은 사실이다. 그러니 인간은 최선을 다해 귀신을 부정하고, 귀신에 대한 두려움을 극복해야만 했다. 반면 귀신도 나름대로 이승에서 존재감을 드러내고 싶었던 것 같다. 이곳은 인간만 사는 세상이 아니라 귀신도 공존하며 사는 곳이라고.

어쨌든 완첨과 귀신의 기 싸움에서 완첨은 완패했다. 충격을 받아 표정이 굳어지고 건강이 점점 나빠져 귀신을 본 지 1년 만에 죽었다. 과학이 발달한 시대에도 여전히 귀신이 있다고 믿는 사람이 많다. 검증할 수 없기에 때론 믿을 수밖에 없는 상황이 일어나기도 한다. 그래서 사람들은 영적인 세계의 비밀을 밝혀낼 묘수들을 열심히 생각해낸다. 귀신을 퇴치하기 위해 마늘이며 십자가, 부적 등을 준비해야 한다는 것은 흔한 상식이 되어버렸다. 물론 위진남북조 시기에도 귀신을 극복하는 방법은 있었다. 완덕여阮德如라는 사람이 귀신을 물리친 이야기가 『유명록幽明錄』의 한 조목에서 전해진다.

완덕여가 예전에 뒷간에서 귀신을 보았는데, 키는 1장丈 남짓이었고, 시커멓고 눈이 컸다. 검은 홑옷을 걸치고 평상책을 쓰고서 완덕여 가까이 다가왔다. 완덕여가 심호흡을 하며 마음을 가라앉히고 천천히 웃으면서 말하였다.

"사람들이 귀신은 정말 못생겼다고 하더니 정말 그러네."

그러자 귀신은 무안하여 얼굴을 붉히며 도망갔다.

귀신의 키가 1장이 넘었다고 했으니 3미터가 넘는 셈이다. 커다란 귀신의 모습은 인간을 압도하기에 충분하였다. 더욱이 뒷간에 혼자 있는데 귀신이 다가왔으니 얼마나 놀랐을까. 귀신을 쫓아내는 부적 같은 건 없었을 터. 완덕여가 선택한 방법은 귀신을 정신적으로 압도하는 것이었다. 완덕여는 당황하지 않고 심호흡을 하며 귀신에게 못생겼다고 무안을 주었다. 놀림을 받고 얼굴을 붉히며 물러가는 귀신의 모습에 어느새 두려움은 사라진다. 피식하며 웃는 웃음이든 박장대소하며 웃는 웃음이든, 이 이야기는 사람들을 웃게 만든다. 그 과정에서 독자들은 각자 귀신에 대한 공포심을 잠재우고, 귀신을 쫓는 나름의 방법을 생각하게 된다.

이제 귀신을 우스꽝스럽게 만드는 것을 넘어 귀신을 완전히 속이고, 바보로 만들고, 심지어 귀신을 팔아서 돈을 벌었다는 사람의 이야기를 보지 않을 수 없다. 남양南陽 사람 송정백宋定伯은 밤에 길을 가다가 귀신을 만나게 되었다. 송정백은 귀신을 보고도 전혀 두려워하지 않는다. 아주 침착하고 현명하게 귀신을 속이고, 위기를 벗어나기 위해 기지를 발휘한다. 귀신은 송정백이 하는 거짓말에 그대로 속아넘어갈 뿐이다.

정백이 누구냐고 물으니 귀신이 말하였다.

"나는 귀신이오."

귀신이 다시 물었다.

"그러는 당신은 또 누구요?"

정백은 거짓으로 말하였다.

"나도 귀신이오."

"어디까지 가오?"

"완시宛市에 가려 하오."

"나도 완시까지 가오."

둘이 같이 몇 리를 가다가 귀신이 말하였다.

"이렇게 걸으면 너무 느리니 번갈아가며 업고 가는 게 어떻겠소?"

"그거 좋소이다."

귀신이 먼저 정백을 업고 몇 리를 가다가 물었다.

"당신 너무 무거운데 혹시 귀신이 아닌 거 아니오?"

"나는 죽은 지 얼마 되지 않은 귀신이라 몸이 무거울 뿐이오."

이번에는 정백이 귀신을 업었더니 귀신은 무게가 거의 없었다. 이렇게 두세 번을 번갈아가며 가다가 정백이 다시 물었다.

"나는 죽은 지 얼마 안 된 귀신이라 무엇을 조심해야 하는지 모른다오."

"사람들의 침만 조심하면 되오."

길을 가다가 강을 만나게 되었다. 정백이 귀신에게 먼저 건너가게 하고는 소리를 들어보니 확실히 아무런 소리가 나지 않았다. 정백이 강을 건너니 철벅철벅 소리가 났다.

"어째서 소리가 나오?"

"죽은 지 얼마 되지 않아 강을 건너는 게 익숙하지 않아서 그러니 이상하게 여기지 마시오."

완시에 가까워지자 정백은 귀신을 어깨 위로 올려매고 재빨리 꽉 붙들었다. 귀신은 꽥꽥 소리를 지르며 놓아달라고 하였지만, 노끈으로 묶고는 말을 들어주지 않았다. 바로 완시로 가서 땅에 내려놓으니 귀신은 양으로 변하였다. 정백은 양을 팔아치우며 귀신이 또다른 모습으로 변할까봐 거기다 침을 뱉었다. 돈 1500냥을 벌고 완시를 떠났다.(『수신기』 권16)

이렇게 허술한 귀신이 있다니 귀신에 대해 잔뜩 두려움을 갖고 있었던 독자들은 안도의 한숨을 쉬게 된다. 이 이야기는 나름 귀신을 만났을 때 대처하는 방법을 소개하고 있다. 귀신은 무게가 전혀 나가지 않고, 물을 건널 때는 소리가 나지 않으며, 사람의 침을 싫어하니 만약 귀신을 만나면 침을 뱉으라는 것 등은 귀신에 대한 다양한 정보가 된다. 황당하면서도 웃긴 송정백의 이야기는 사람들의 입을 타고 널리 전해졌다. 누군가는 허술한 귀신 이야기를 들으며 웃을 것이고, 누군가는 송정백의 용감함과 대담함을 부러워할 것이다. 용감한 자가 세상을 얻는 법이다. 양으로 변한 귀신을 팔아버린 송정백은 부자가 될 자격이 충분하다.

귀신을 팔아 부자가 되었다는 송정백을 인간 정신의 승리를 이루어낸 영웅으로 해석하려는 학자도 있다. 위진남북조시대의 문학을 통틀어서 이처럼 대담하고 용감한 캐릭터는 전무후무하기에 다양한 의미로 해석하려는 시도들이 있다. 하지만 이 매력적인 인물을 유쾌하고 즐겁게, 눈에 보이는 그대로 읽어보자.

　귀신은 죽음을 연상시키기에 인간에게 두려움을 주는 존재다. 유한성의 숙명을 지닌 인간은 죽음이 두렵지만 피할 수 없다. 그렇다면 두려움 속에서 떨고 있을 것이 아니라 죽음을 인정하고 귀신을 인간의 공간 안에 끌어들여 이를 유희의 대상으로 만들어보는 것이다. 죽음에 대한 여러 갈래의 생각들을 이야기 안에 녹여내고, 죽음을 공포가 아니라 유희로 즐길 때, 인간은 진정 죽음에 대한 두려움에서 벗어날 수 있다. 인생을 즐기고 적극적으로 살아내려는 옛 선조들의 지혜였다.

제4장

동물動物: 모든 사물은 변한다

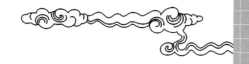

변하는 것은 우주의 본질

키프로스섬에는 피그말리온이라는 조각가가 살고 있었다. 피그말리온은 현실의 여성들을 불완전하다고 여기며 혐오하였다. 완벽한 여성을 갈망하며 조각상으로 만들었고, 급기야 자신이 만든 조각상과 사랑에 빠졌다. 사랑을 이룰 길 없어 불행하다고 느끼던 피그말리온은 아프로디테 축제 때 신전 앞에서 자신의 사랑이 이루어지도록 빌었다. 아프로디테는 그의 소원을 들어주었고, 조각상은 갈라테이아라는 여인으로 살아났다. 피그말리온의 절실한 사랑은 결국 현실에서 이루어졌다.

조각상과의 사랑이라니 섬뜩하고 기이한 사랑이다. 피그말리온을 중심으로 두고 보면 사랑이 이루어졌으니 아름다운 사랑 이야기라고 할 수 있을지 몰라도, 갈라테이아의 시점에서 본다면 이 이야기는 이기적이고 기괴한 사랑으로 해석될 수 있다. 그런데 이 놀랍고 기이한 사랑에서 주목해야 할 부분이 있다. 바로 피그말리온이 현실의 여성들을 불완전한 존재로 여겼다는 점이다. 피그말리온이 현실의 불완전함을 혐오하여 구현하고자 하였던 완벽한 아름다움은 궁극적이고 영원불변한 세계 이데아를 반영하고 있다.

플라톤은 이데아를 영원하고 초월적인 실재, 사물의 본질적인 원형으로 보았고, 현실의 사물은 단지 이데아의 모사模寫에 지나지 않는다고 하였다. 현실은 불완전하고 일시적인 속성을 지니지만, 이데아는 시공을 초월하는 영원한 속성을 지닌 참다운 실재라는 것이다. 이상과 완전함에 대한 동경과 현실의 불완전함에 대한 혐오라는 그 대립적 사유가 가장 잘 드러난 것이 피그말리온 이야기이다. 갈라테이아를 갈망하는 피그말리온은 완벽하고 초월적인 존재, 이데아의 세계를 동경하는 인간의 모습을 그대로 반영하고 있다.

이처럼 이데아를 지향하는 변신은 동경의 대상이 되지만, 인간이 동물 혹은 다른 사물로 변하는 것은 두려움이 된다. 아테나의 분노를 사 거미로 변한 아라크네, 마녀의 저주를 받아 개구리로 변한 왕자 등 인간이 동물로 변신하는 것은 끔찍한 벌이고 두려운 저주이다. 신은 인간이나 동물을 변하게 할 수 있으나, 인간이나 동물은 신을 변하게 할 수 없다. 여기에는 신이 인간보다, 인간은 동물보다 우위에 있다는 인식이 깔려 있다. 변신을 주관하는 주체와 변신을 당하는 객체의 확연한 구분은 서구의 이원적 사유로부터 비롯되었다.

그리스 신화나 서구 민담에서 인간이나 동물은 스스로 변할 힘이 없고, 변신을 피할 능력도 없다. 신의 노여움을 사거나 저주에 걸려 변신이 일어나면, 처벌이나 저주가 풀릴 때까지 원하지 않은 모습으로 살아갈 수밖에 없다. 이에 비해 동아시아 서사에서 변신은 어느 날 저절로 이유 없이 그냥 일어난다. 변신을 주도하고 인간을 압도하며 권능을 부리는 신은 처음부터 존재하지 않았고, 신과 인간은 계급적 관계로 인식되지 않았다. 그렇기에 우주 만물은 그저 때가 되면 저절로 변한다고 여겼다.

천년 묵은 꿩이 바다로 들어가면 큰 조개가 되고, 백년 묵은 참새가 바다로 들어가면 대합조개가 된다. 천년 묵은 거북이나 자라는 사람과 말을 할 수 있고, 천년 묵은 여우는 미녀가 된다. 천년 묵은 뱀은 몸이 동강나도 다시 이을 수 있고, 백년 묵은 쥐는 관상을 보고 점을 칠 수 있으니, 이는 수數가 극치에 이르렀기 때문이다. 춘분에 매가 비둘기로 변하고 추분에 비둘기가 다시 매로 변한 것은 때가 되어 변한 것이다. ……
　　만물이 태어나고 죽고 변화하는 것에 대해서는 신통한 생각이 없다면 아무리 답을 찾고자 해도 그것이 어디서 시작되는지 알아낼 수 없다. 썩은 풀이 반딧불이로 변하는 것은 풀이 썩어서 변한 것이고, 보리가 나비로 변하는 것은 보리가 습해서 변한 것이다. 그러니 만물의 변화에는 모두 근거가 있다.(『수신기』 권12)

"천년 묵은 꿩이 바다로 들어가면 큰 조개가 된다"는 문장부터가 모순덩어리이다. 꿩이 천년을 산다는 것부터 불가능한데, 바다로 들어가면 큰 조개로 변한다니 허황된 이야기가 아닐 수 없다. 하긴 인간이 100년을 살지도 못하는데, 이 세상 어딘가에 천년 묵은 꿩이 정말로 있을지도 모를 일 아닌가. 천년 만에 꽃을 피우는 나무가 있다면, 우리는 평생 그 나무가 꽃을 피우는 것을 보지 못한다. 내가 본

적이 없기에 그 나무는 원래부터 꽃을 피우지 않는 나무라고 생각한다. 인간은 세상에 대해 많이 안다고 생각하지만, 사실 알지 못하는 진실이 더 많다.

여하튼 꿩이 큰 조개로 변한다는 황당무계한 이야기는 단순히 문학적 상상력에서 나온 것이 아니다. 이는 기화우주론氣化宇宙論이라는 동아시아 전통적 우주론을 반영하고 있다. 우주의 모든 사물은 그 근원에 같은 기가 흐르고 있어 기가 변하면 사물이 변한다고 믿었다. 그러니 꿩에서 큰 조개로 혹은 참새에서 대합조개로 변하는 것은 전혀 이상한 일이 아니다. 우주의 모든 사물은 서로 기로 연결되어 있어 언제 어디서든 계기만 되면 변할 수 있다.

그 계기는 인위적으로 만들 수 있는 것이 아니고, 아무렇게나 생기는 것도 아니다. 『수신기』에서는 "수가 극치에 이르고(數之至也)", "때가 되면 변한다(時之化也)"라고 하였다. 극치에 이르렀을 때 저절로 변하는 것은 달이 보여주는 미덕과 같다. 달은 때가 되면 저절로 변하여 어느 순간 동그랗게 차오른다. 완성을 이룬 달은 더 커지지 않고 서서히 이지러진다. 그렇게 이지러져 완전히 사라진 달은 죽음을 연상시키지만 부활하기를 반복하며 끊임없이 변신한다. 늘 변화하지만 달은 여전히 달이다. 변화한다고 해서 달의 본질까지 변하지 않는다.

우주에 떠돌아다니는 온갖 기들은 서로 부딪히고 결합하며 다시 갈라지면서 다양한 형체를 만들어낸다. 만물이 태어나고 죽고 변화하는 데에 어떤 계기나 근거가 있을 거라고 생각하지만, 모든 우주의 흐름에는 특별한 이유가 없다. 그러니 썩은 풀이 반딧불이로 변하고 보리가 나비로 변하는 것은 자연스러운 일이다. 풀이 썩어서 벌레가 생겨났고, 보리에 습기가 차서 벌레가 부화하였을 뿐이다. 각자 나름의 근거에 따라 어떻게도 변할 수 있는 것이 우주의 본질이다.

태고의 시작과 함께 태어난 거인 반고盤古도 그러하였다. 반고는 우주를 창조한 절대자가 아니다. 『삼오역기三五歷記』에 따르면, 반고는 달걀처럼 생긴 혼돈 속에서 저절로 태어났다. 하루에 1장씩 커지다가 1만 8000년이 지난 후 몸이 엄청나게 커져 그냥 죽었다. 반고가 죽고 그의 신체기관은 각각 우주로 변하였다. 수가 극치에 이르고 때가 되어 저절로 변한 것이다. 눈은 해와 달로, 살은 땅으로, 피는 강으로 변하였다. 소우주가 대우주와 소통하며 확장되는 순간이다. 자연은 누가 뭐라고 할 것도 없이 그저 저절로 생겨나서 그렇게 인간을 닮고 인간과 함께하는 존재이다.

변신은 어떠한 예고 없이, 정해진 방향 없이 일어난다. 한 가지 분명한 것은 최초의 기가 어떻게 변하여 고유한 형태를 드러내는지 결정하는 요인은 사물 외부에 있지 않다는 점이다. 즉 신이나 권능을 가진 존재의 의지에 따라 변신이 이루어지지 않는다. 변신의 형태는 변화하는 사물의 내면에 달려 있고, 사물의 안과 밖의 교감을 통해 변신이 일어난다.

요괴란 대개 정기가 사물에 붙어서 생긴 것이다. 기가 사물 안에서 어지러워지면 사물 밖으로 변화가 일어난다. 형체와 정신, 기세와 바탕은 사물 안과 밖의 다른 표현이다. 그것은 오행에 근본을 두고, 인간이 타고난 다섯 가지 바탕 오사五事와 통한다. 비록 없어지고 생기고 오르고 내리는 등 만 가지 모습으로 변화해도 그 길흉의 조짐으로 모든 경계를 알아서 논할 수 있다.(『수신기』권6)

천사와 악마의 경우를 생각해보자. 그들은 태생적으로 선과 악의 경계에 의해 구분되어 있다. 천사는 아무리 타락해도 악마가 될 수 없고, 악마는 선한 의지를 지녀도 끝내 천사가 될 수 없다. 이원적 사유의 세계에서는 그렇다.

하지만 일원론적 사유에서 선과 악은 구분되어 있지 않다. 음이 양을 머금고 양이 음을 끌어안는 것처럼 모든 근원은 하나로 통한다. 사물의 내면에는 선과 악, 길과 흉이 함께 공존하고 있어 그것이 어떻게 발현되는가에 따라 변신의 형태가 결정된다. 변신의 모든 근거는 존재의 내면에서 시작된다. 그러니 적어도 신의 노여움을 사거나 저주를 받아 억울하게 변신을 당하는 일은 일어나지 않는다.

오래 묵을수록 좋다

옛날 여름이 되면 납량특집으로 방영하던 〈전설의 고향〉이라는 드라마가 있었다. 다들 텔레비전 앞에 앉아 수박을 먹으며 옛날이야기에 빠져들었던 시절이다. 〈전설의 고향〉은 매주 다른 주제로 방영되었는데, 이때 시청자들이 가장 기다리는 이야기 중 하나는 단연 구미호 이야기였다. 인간이 되고 싶었으나 결국 인간이 되지 못하고 죽음을 맞이한 구미호의 이야기는 깊은 여운을 남겨주었다. 구미호의 죽음이라는 결말이 더욱 아련하게 다가왔던 것은 구미호가 너무도 아름다운 여인인 까닭도 있었다.

한국인에게 잘 알려진 구미호는 주로 팜 파탈, 즉 매혹적인 여인이 인간 남성을 홀리거나 사람의 간을 빼먹는다는 식의 부정적인 이미지로 표현되었다. 이와 달리 중국이나 일본에서 여우는 연인을 위해 희생하는 여인, 모성애가 강한 어머니, 재신財神 등 비교적 다양한 형상으로 묘사되고 있다. 여우는 다른 동물에 비해 자유자재로 변신한다고 여겨졌는데, 변신하는 데에도 등급이 따로 있었다. 『현중기玄中記』에서는 이렇게 말하고 있다.

여우는 50년을 묵으면 여인으로 변할 수 있다. 100년을 묵으면 미녀가 될 수 있고, 신통한 무당도 될 수 있다. 혹은 남자가 되어서 여인과 관계를 맺기도 한다. 천리 밖의 일도 훤히 알 수 있고, 사람을 잘 홀려서 정신을 못 차리고 이성을 잃게 한다. 천년을 묵으면 하늘과 통하는 천호天狐가 된다.

여우가 50년을 묵으면 인간의 정기를 머금어 여인으로 변하고, 거기서 50년을 더 묵으면 예쁜 여인이 된다고 한다. 100년을 묵은 여우는 또 미래를 예언하는 무당으로 변할 수 있고, 남자가 될 수도 있으며, 사람을 홀려 이성을 잃게 하는 매력적인 존재가 될 수 있다. 한국의 구미호 전설에서 구미호는 대체로 100년 묵은 여우에 해당한다. 그런데 여우의 변신은 여기에서 그치지 않는다. 엄청난 긴 세월, 천년의 시간을 묵으면 여우는 단순히 사람을 홀리고 간을 빼먹는 수준을 넘어선다. 바로 하늘과 소통하는 여우신이 된다.

그러면 여우는 사람을 해치는 잡귀에서 하늘과 소통하는 신의 위치까지 어떻게 도달할 수 있었을까. 비결은 바로 '오랜 세월'이다. 특별하게 수련을 하거나 단계를 높이기 위해 노력하는 것이 아니라 여우는 그저 오랜 세월을 살아낸 것뿐이었다. 앞서 천년 묵은 꿩은 바다로 들어가면 큰 조개로 변하고, 천년 묵은 거북이나 자라는 사람과 말을 할 수 있다고 하였다. 그 믿기 어려운 능력을 지니게 된 이유는 꿩과 거북, 자라가 모두 천년이라는 긴 세월을 묵었기 때문이다. 동아시아에서 변신의 조건은 '늙음'이었고, 오랜 시간 묵을수록 더욱 공력이 뛰어나고 아름다운 존재가 되었다.

우리말에 '나이를 먹는다'는 표현이 있다. 한 해가 지나면 한 살 더 늙었다고 하지 않고, 한 살 더 먹었다고 한다. 영어에서 나이를 나타내는 단어 'old'가 늙고 낡았다는 의미로도 쓰이는 것을 생각하면, '나이를 먹는다'는 참으로 정겹고 통찰력 있는 말이다. 나이를 먹는다는 표현은 남녀노소 모두에게 해당한다. 거기에는 단순히 늙었다는 의미, 그래서 죽음에 가까워져간다는 부정적인 느낌이 들어가지 않는다. 나이를 먹는다는 말은 때로 긍정적인 의미로 해석된다. '먹는다'는 표현에는 세월을 보낸 만큼 풍부한 경험들이 내적으로 쌓여간다는 의미가 담겨 있기 때문이다.

신선들이 아름다운 이유도 여기에 있다. 그들은 올림포스산에서 영원히 늙지 않은 모습으로 살아가는 신들과 다르다. 올림포스산의 신들은 변하지 않는 젊음, 완벽한 아름다움을 유지하기에 동경의 대상이 된다. 하지만 완벽해 보이는 신들도 때로 인간을 질투한다. 그들에게는 순간의 아름다움이 없다. 늘 같은 모습이기에 특별할 것 없는 내일이 기다리고 있다. 그래서 영원하지 않기에 이 순간이 아름다운 인간을 질투한다. 반면 신선은 대체로 나이 지긋한 노인으로 상상된다. 인간이 신선을 동경하는 이유는 영원한 젊음에 있지 않다. 번거로운 속세를 피해 유유자적하는 마음의 여유를 동경한다.

신선은 어부로 나타나기도 하고, 거지로 나타나기도 하며, 술 파는 여인으로 나타나기도 한다. 이들은 도술을 부려 사람들을 괴롭히거나 더 많은 것을 가지기 위해 욕심을 내지 않는다. 약을 만들거나 약초를 캐어 팔아서 불쌍한 과부와 고아들을 도와주고, 홍수나 지진이 일어날 것을 예언하여 사람들을 구한다. 신선들은 어떠한 일을 당해도 당황하거나 분노하지 않고 평온한 모습을 유지한다. 그들의 여유로움은 바로 오래 묵은 시간, 그 연륜에서 나왔다.

나이를 먹는다는 것은 참으로 좋은 말이다. 50년 묵은 여우보다 100년 묵은 여우가 더 신통하고, 천년 묵은 여우가 신이 될 수 있는 것도 그만큼 나이를 먹었기 때문이다. 오래 묵는다는 것은 영험함에 다가가는 길이다. 어디 여우만 그러하겠는가. 흔하디흔한 음식 묵은지가 그렇다. 묵은지는 6개월 이상 숙성해야 맛을 내는 음식이다. 오래 묵으면 묵을수록 깊은 맛이 난다. 유통 기한이 지나 버려야 할 쓰레기가 아니라 그 긴 시간이 만들어낸 깊은 맛 때문에 사람들이 더 좋아하는 음식이 된다.

아무런 심오한 의미도 없을 것 같은 묵은지 하나가 의외의 깨달음을 준다. 오래 묵은 묵은지로 우려내는 깊은 맛은 우리에게 천천히 가는 삶도 나쁘지 않다고 말해준다. 오랜 세월을 보낸 존재는 늙고 낡아빠진, 더는 새롭지 않아 폐기처분되어야 할 대상이 아니다. 오래 묵은 세월만큼 손때 묻은 존재의 의미, 삶의 깊이는 달라진다. 현대 사회를 살아가는 우리는 빠르고 새로운 것에 열광하지만, 다른 한편으로는 여전히 느리게 가는 삶을 그리워한다. 유유자적 세상의 욕망을 초탈하고 인자한 미소를 띠며 살아가는 신선을 한번쯤 동경하게 되는 것도 바로 이 때문이다.

영혼은 변하지 않는다

그레고르 잠자가 어느 날 아침 불안한 꿈에서 깨어나 끔찍한 벌레로 변한 자신의 모습을 보았을 때, 그 심정은 어떠하였을까. 가장 먼저 도움을 받을 수 있는 대상은 가족이건만, 그의 가족들은 매정하게 그레고르를 벌레 취급하며 방에 가두어버린다. 그레고르가 더는 돈을 벌어올 수 없게 되었기에 가족들에게 그는 쓸모없는 존재가 되어버렸다. 프란츠 카프카는 이처럼 인간이 벌레로 변신한다는 끔찍한 설정을 통해 가족 간 소통의 부재, 고립되어 살아가는 근대인의 고독을 묘사하였다.

어느 날 우연히 인간이 벌레로 변하고, 개가 인간으로 변하였다는 상상력은 익숙하게 여기고 있었던 현실을 새로이 자각하게 만든다. 현실이 갑자기 낯설게 다가오는 순간, 인간은 놀라운 시선으로 나른했던 주변을 돌아보게 된다. 권태 속에서 느끼는 놀라움으로 인간은 철학적인 사유를 시작한다. 그렇다면 변신 이후의 삶은? 외형이 변하였으니 원래 존재는 죽고 사라지는 것인가? 아니면 외형은 변하였지만, 실체는 남아 있는 것인가? 답변은 잠시 미루어두고 목욕을 하다가 갑자기 자로 변해버린 어느 부인의 사연을 들어보자.

한나라 영제靈帝 때 강하江夏 사람 황씨黃氏의 어머니가 목욕통 속에서 목욕하다가 오래도록 일어나지 않더니 자라로 변하였다. 시녀가 놀라서 달려가 알렸으나, 가족들이 왔을 때 자라는 이미 깊은 연못으로 들어가 버렸다. 그 후 때때로 자라가 나타났는데, 황씨 어머니가 목욕할 때 머리에 꽂고 있던 은비녀가 여전히 자라 머리에 얹혀 있었다. 이에 황씨 집안 사람들은 대대로 감히 자라 고기를 먹지 못했다.(『수신기』 권14)

자라로 변한 황씨 어머니의 모습을 처음 발견한 시녀는 너무도 충격이 컸을 테다. 가족들이 달려가봤지만, 자라로 변한 황씨 어머니는 무심하게 연못으로 사라졌다. 동아시아에서 변신의 조건은 늙음, 오래 묵는 것이라고 하였다. 오랜 세월을 살아온 그녀가 자신도 모르게 저절로 변한 것인지, 그녀에게 변하고자 하는 의지가 있었던 건지는 알 수 없다. 그저 황씨 어머니가 거짓말처럼 하루아침에 자라로 변하여 사라졌다는 사실만 남았다. 이 놀라운 사건을 보며 끊임없이 죽음에 대해 생각하기 시작하는 것은 그녀 가족들의 몫이다.

자라로 변한 황씨 어머니는 아마도 인간으로 살았을 때의 기억을 잃어버린 것 같다. 가족들이 자라를 그녀로 여길 수 있는 유일한 근거는 머리에 얹혀 있는 은비녀이다. 가족들은 어머니가 돌아가신 것이 아니라 그냥 외형만 자라로 변했다고 생각한다. 가족을 기억해주지 않아도 괜찮다. 자라가 어머니일 거라고 믿으면, 그녀는 여전히 살아 계시는 분이 된다. 외형이 변해도 그 실체는 변하지 않는다는 믿음은 환생과 연결된다. 몇 번이고 외형이 변해도 본체의 영혼은 그대로라고 생각한다.

어머니가 살아 계신다고 믿고 있기에 황씨 집안사람들은 대대로 자라 고기를 먹지 못하였다. 가족들에게 자라는 단순히 동물이 아니라 그녀가 환생하여 새로운 삶을 사는 존재이다. 그래서 자라는 어머니 그 자체이고 금기의 대상이 된다. 무심코 내가 먹은 자라 고기가 혹시라도 어머니라면 너무도 큰 충격일 수밖에 없다. 그러니, 말도 안 되는 상상이지만, 가정을 한번 해본다. 나에게 정말 이런 일이 일어난다면 나는 자라 고기를 먹을 수 있을 것인가? 아무리 고민을 해봐도 먹을 수 없다는 쪽으로 결론이 난다.

위나라 문제文帝 황초黃初 때 청하淸河 사람 송사종宋士宗의 어머니 역시 목욕을 하다가 자라로 변하였다. 송사종의 어머니는 목욕하다가 가족들을 밖으로 내보냈다. 아마도 자신이 자라로 변할 것을 미리 예감하고 있었던 듯하다. 한참 동안 어머니가 나오지 않자 궁금해진 가족들이 벽에 구멍을 뚫고 보니 목욕통에는 커다란 자라 한 마리만 보였다. 놀라서 문을 열고 들어가 모두 슬퍼하며 울었으나, 자라는 별다른 미련을 보이지 않고 밖으로 나가려고만 하였다.

사람들이 여러 날 자라를 지키고 있었지만, 자라는 경계가 느슨해진 틈을 타 재빨리 문밖으로 나갔다. 하도 빨리 기어가서 사람들이 쫓았으나 잡을 수 없었다. 자라는 바로 물속으로 사라졌다. 며칠 뒤 갑자기 송씨 어머니가 돌아왔는데, 생전과 같은 모습으로 집안을 돌아다니다가 한마디

말도 없이 떠났다. 당시 사람들은 송사종에게 상복을 입고 장례를 치러야 한다고 하였으나, 송사종은 어머니가 모습만 변했을 뿐 아직 살아 계신다고 생각하여 끝내 장례를 치르지 않았다.(『수신기』 권14)

비록 외형이 변해도 송사종의 가족들에게 자라는 어머니 그 자체였다. 그러니 차마 밖으로 내보낼 수 없어 지키고 있었지만, 자라는 무심하게도 밖으로 나가 물속으로 사라졌다. 송사종의 어머니는 가족들의 안위가 걱정되었는지 마지막으로 다시 찾아와 평소처럼 집안을 한 바퀴 돌고는 영원히 사라졌다. 이제부터 죽음에 대한 논쟁이 시작된다. 주변에서는 어머니가 돌아가셨으니 장례를 치르고 상복을 입어야 한다고 하였다. 하지만 송사종은 결코 어머니가 돌아가셨다고 생각하지 않는다. 외형만 변했을 뿐 아직 살아 계시니 장례를 치를 수 없는 일이었다.

아무리 과학이 발달한 근대 사회를 살고 있어도 우리는 이들의 심정을 이해한다. 생전에 나를 아껴주시던 정겨운 할머니가 돌아가시면 누가 뭐라고 할 것 없이 자연스럽게 기도한다.

"할머니가 다음 생에는 좋은 데서 태어나게 해주세요."

말이 되지 않는다는 것을 알지만, 그래도 그렇게 바라며 할머니의 명복을 빈다. 일이 잘 풀리지 않거나 억울한 일을 당했을 때에도 "내가 전생에 무슨 죄를 지었나"라는 말로 푸념을 늘어놓는다. 전생을 검증할 수 있는 사람은 아무도 없지만, 그래도 현재의 잘못을 전생에서부터 생각해보거나 이번 생에서 못다 이룬 일은 다음 세상에서 이루어지기를 기원해본다.

동아시아 사유에서 환생이나 내세 등은 과학으로 증명할 수 있는 영역을 초월한다. 일종의 종교처럼 혹은 태생적으로 타고난 DNA처럼 몸속에 전해져 여전히 우리는 내세를 생각하고 환생을 믿는다. 자신이 믿는 종교와는 상관이 없다. 허황된 생각에 불과하더라도, 윤회에 대해 말하고 환생을 기대한다. 그것은 순환하는 시간에 대한 믿음이다. 직선으로 흘러가서 종말에 이르면 다시는 되돌아오지 않는 그런 시간이 아니다. 겨울과 봄이 연결되어 흘러가듯 죽음과 삶은 연결되어 있고, 할머니의 시간은 처음부터 다시 시작된다.

서쪽 곤륜산에 사는 여신 서왕모가 불사약을 가진 생명의 신이면서 동시에 죽음을 관장하는 신인 것처럼, 삶과 죽음은 서로 연결되

그림 4-1 『산해경』에 묘사된 서왕모의 모습. 표범의 꼬리와 호랑이 이빨, 더부룩한 머리에 비녀를 꽂았다. 하늘의 재앙과 다섯 가지 형벌을 관장하는 무서운 여신이다. 죽음의 여신이지만, 불사초를 가진 생명의 여신이기도 하다.

어 순환하는 시간의 흐름을 만들어낸다. 인도에서 파괴와 죽음의 신 시바 역시 생명과 창조의 신으로 숭배된다. 서왕모나 시바 모두 두렵고 무서운 신이지만 자비와 인자함을 보유한 신이기도 하다. 사실 하데스가 페르세포네와 결혼하였다는 설정도 생명과 죽음이 연결되어 있다는 인식을 공유한다. 페르세포네가 봄·여름·가을에는 지상에서 곡물과 대지의 여신이자 어머니인 데메테르와 함께 지내다가 겨울에만 지하에서 하데스와 지낸다는 것도 계절의 순환을 나타낸다. 순환하는 시간 속에서 죽음은 삶의 끝이 아니라 새롭게 변화할 수 있는 시작이다.

여우의 변신은 무죄

구미호는 원래 영험하고 신령스러운 동물이었다. 『산해경·남산경』에는 구미호를 먹으면 독벌레를 견딜 수 있다고 하였고, 『산해경·대황동경大荒東經』에서 곽박郭璞은 천하가 태평하면 구미호가 나타난다고 하였다. 또 『예기禮記·단궁상檀弓上』, 『백호통의白虎通義·봉선封禪』 등에서 구미호는 죽을 때 자신이 살았던 곳으로 머리를 돌린다고 하였다. 이로부터 구미호는 인仁의 정신, 근본을 잊지 않는 군자를 은유하는 말이 되었다. 동아시아에서 '9'는 가장 많은 수를 나타내는 숫자다. 아홉 개의 꼬리는 상상만 하여도 탐스럽고 풍성하다. 길한 숫자인 아홉 개의 꼬리를 가진 구미호는 풍요와 다산을 관장하는 신, 길조 등으로 상상되었다.

여우가 풍요와 다산을 관장하는 신으로 숭배되었던 상황은 한국에서도 찾아볼 수 있다. 그중 하나는 울주군 언양읍 대곡리 절벽의 반구대 암각화에 그려진 여우 그림이다. 이는 신석기시대의 '사냥예술Hunting Art'로서 풍요와 다산을 기원하는 주술의 차원에서 행해졌다는 것을 생각하면, 여우는 선사 시기부터 토템 숭배의 대상이었음을 알 수 있다. 또 풍요를 주관하는 신 마고 할미가 원래는 변신한 여우였고, 여우 혈에 집터를 잡고 살면서 재산이 늘고 관직에도 오르게 되었다는 설화가 전국 곳곳에서 전해진다.

그림 4-2 『고금도서집성』 권70에 묘사된 구미호의 모습. 아홉 개의 꼬리는 다산과 풍작을 상징하였다.

일본 역시 여우를 풍요와 다산의 신으로 숭배하는 신앙이 있다. 나라奈良시대부터 여우신을 숭배하는 이나리稻荷신앙이 널리 퍼졌는데, 오늘날에도 사람들은 사업 번창이나 소원 성취를 바랄 때 이나리 신사를 찾곤 한다. 민간신앙이 생활 속에 자연스럽게 녹아들다 보니, 여우에 대한 상상력은 비교적 풍부하게 전해진다. 사악한 존재로서 여우뿐 아니라 은혜를 갚는 여우라든가 하룻밤 인연을 맺은 남성을 대신해서 희생하는 여우 등 일본의 여우 설화는 한국보다 훨씬 입체적인 성격을 보여준다.

일찍이 『설문해자說文解字』에서 여우는 요사스러워 귀신이 타고 다니는 동물이라고 하였다. 요물 이미지는 이미 한나라 때부터 시작되어 위진남북조 시기에 이르러서는 요사스러움과 음란함, 아름다운 여자가 결합하여 악녀 이미지가 만들어진다.

후한 헌제獻帝 건안建安 때 군인이었던 왕영효王靈孝가 어느 날 부대를 이탈하여 오랫동안 복귀하지 않은 것도 여우 때문이었다. 군인들이 사냥개를 데리고 돌아다니다가 빈 무덤 속에서 왕영효를 발견하였는데, 옆에 있던 여우는 사람들과 사냥개의 소리를 듣고 사라졌다.

진선陳羨은 부하에게 왕영효를 부축하게 하여 부대로 데리고 돌아왔다. 왕영효의 행동거지는 제법 여우와 닮아 있었다. 사람을 상대하려 하지 않았고, 울면서 아자阿紫라는 이름만 불러댔다. 아자는 여우의 자字다.

열흘이 좀 지나자 왕영효가 점차 정신을 차리고 말했다.

"여우가 처음 찾아왔을 때, 집 모퉁이에 있는 닭장 사이에 있었습니다. 아름다운 여인의 모습으로 나타나 자신을 아자라고 하며 나를 불렀습니다. 여러 번 부르길래 나도 모르게 따라갔다가 여우를 아내로 삼게 되었습니다. 저녁마다 함께 여우의 집으로 돌아갔는데, 개가 지나가도 여우인지 알아보지 못했습니다."

그러고는 여우와 함께 있었던 즐거움은 세상에 비할 것이 없었다고 말했다.(『수신기』 권18)

여우에 미혹되어 며칠 같이 지냈던 왕영효의 모습은 인간이 아니라 거의 여우를 닮아가고 있었다. 인간의 정기를 여우에게 빼앗기고 있는 상황이었던 것 같다. 왕영효는 정신을 차린 뒤 여우와 함께 있었던 순간을 세상에 비할 바 없이 즐거운 시간이었다고 회상하였다. 본능에 대한 욕망, 쾌락은 '음란함'이라는 죄목으로 비난받았고, 인간을 유혹하고 정신을 빼앗는 여우는 요부妖婦와 동일시되기에 이른다. 이후 기녀 문화가 급격하게 성행한 당나라에 이르러 여우는 기녀에 대한 메타포와 연결되기도 하였다.

여우가 매력적인 동물로 상상되었던 이유 중 하나는 '여우 구슬'에 있었다. 『태평광기太平廣記』 권451 「유중애劉衆愛」에 사람이 여우의 구슬을 가지면 천하 사람들의 사랑을 받게 된다고 하였다. 사람들의 사랑을 불러오는 신비한 구슬은 점점 치명적인 매력을 지니게 되었고, 인간의 정기와 피를 빨아들여 목숨을 위태롭게 만드는 영물이 되어갔다. 송시열宋時烈, 이의신李懿信, 박상의朴尙毅 등의 설화에서 여우는 남성과 입맞춤하면서 여우 구슬을 통해 인간의 정기와 피를 빨아들인다. 여우=팜 파탈이 불러일으키는 성적 유혹은 인간의 체력과 정기의 소모, 더 나아가 죽음을 연상시키는 두려운 힘으로 인식되고 있었다.

한편 여우의 변신은 무한하여 성적 유혹과는 전혀 다른 이미지, '박식함'의 은유가 되기도 하였다. 공자가 『시경』을 읽어야 할 이유를 '박학다식博學多識'에 둔 이래로 '박학'은 문인 지식인 계층이 갖추어야 할 소양이 되었다. 사물의 진상을 고증하고 해석하는 '명물훈고名物訓詁'를 중시하였던 위진남북조 시기에 박학은 지적 우월성을 평가하는 기준이 되었다. 박식함을 갖춘 여우 호박사胡博士는 위진남북조 문인들이 지식을 숭상하였던 시대적 상황을 반영한다. 여우들은 마치 서당에 모여든 듯이 빈 무덤에 모여 선비놀음을 하며 글을 배운다.

오중吳中의 어떤 서생이 머리가 희어서 호박사胡博士라 불렸다. 호박사가 서생들에게 글을 가르치다 갑자기 사라져서는 다시는 나타나지 않았다. 9월 9일에 선비들이 함께 산에 올라 노닐며 구경하는데, 글을 가르치는 소리가 들렸다. 시종에게 소리나는 곳을 찾게 했더니 빈 무덤 속에 여우 무리가 줄지어 앉아 있었다. 여우들은 사람들을 보자 바로 달아났

지만, 늙은 여우만 달아나지 않았다. 바로 머리가 흰 서생이었다.(『수신기』권18)

서생으로 둔갑한 여우가 평소 다른 서생들에게 글을 가르칠 정도면, 그만큼 학식이 매우 뛰어났다는 말이다. 사람들이 빈 무덤에 들이닥쳐도 도망가지 않고 의연하게 앉아 있는 여우의 모습은 지조 있고 고상한 문인의 분위기마저 풍긴다. 박식함을 겸비한 여우는 동중서董仲舒나 장화張華 등 박식함으로 이름이 알려진 문사들을 찾아가 경전에 대해 논쟁을 벌인다. 특히 장화를 찾아간 여우는 제자백가諸子百家부터 『시경』, 『사기史記』, 『한서漢書』 등에 이르기까지 통달하였고, 논쟁하는 과정에서 오히려 장화가 말문이 막혔다. 학문을 흠모하고 경전에 대해 치열한 논쟁을 벌이는 여우 이야기는 당시 문인 지식인들에게 관심의 대상이 되었다.

여우가 박식한 문사를 흠모하여 찾아간 이야기는 서화담徐花潭의 설화에서도 찾아볼 수 있다. 서화담이 산사에서 공부할 때, 여우가 찾아와 육경六經과 천문지리, 점술 등에 대해 논쟁하고 있었는데, 스승이 구미호임을 간파하고 대신 물리쳐주었다고 한다. 또 폭우가 쏟아지는 어느 날, 서화담이 송도에서 강론하고 있었는데, 어떤 소년이 비를 피해 찾아왔다. 서화담은 그 비범함을 보고 사위로 삼고자 하였으나, 아무래도 보통 사람은 아닌 듯하여 측백나무 가지를 태워 비추었더니 여우로 변하였다고 한다.

흥미로운 점은 동중서, 장화, 서화담 등 박학다식한 문사들이 여우의 실체를 알아내는 근거는 모두 여우가 보통 사람의 수준을 뛰어넘는 훌륭한 지식을 가졌다는 데에 있다. 장화 역시 자신을 찾아온 어린 서생의 학식이 너무도 뛰어나 사람이 아님을 간파하였고, 천년 묵은 고목 가지를 태워 비추어보았더니 여우가 실체를 드러내었다. 그래서인지 비상한 능력을 갖춘 자들의 출생 전설에 종종 여우가 등장한다. 강감찬 장군이나 헤이안시대 최고의 음양사 아베노 세이메이安倍晴明가 여우의 아들이라는 설화는 모두 이들의 비범함을 나타내는 설정이라 할 수 있다.

출생의 비밀은 아니지만, 여우 구슬을 삼키고 명풍名風이 되었다는 이의신과 박상의 설화도 박식한 여우 이미지와 연결된다. 풍수를 잘 보기 위해서는 학식도 필요하지만, 범상한 사람들의 시선을 뛰어넘는 직관력과 통찰력이 요구된다. 그것은 보통 사람들의 지식, 유교 경전이나 사서 등을 통해서 얻을 수 있는 지식이 아니다. 하필 풍수가로 이름을 날렸던 이의신이나 박상의가 여우 구슬을 삼켰다는 설화는 여우의 박식함, 호박사 이미지를 연상시킨다. 물론 여우 구슬이 상징하는 지식은 공자가 강조했던 박학,『시경』등을 읽고 터득할 수 있는 박식함이 아니다.

여우가 가지고 있는 서적은 호서狐書라고 한다. 호서는 여우들이 수련할 때 사용하는 부적이나 비밀문서로 하늘과 통하는 신비주의적 지식 등을 담고 있다. 주로 범문梵文이나 전서篆書처럼 적혀 있어

보통 사람들은 그 내용을 해독할 수 없다. '해독할 수 없는 글씨체'는 일상의 언어 질서에 편입되지 못하는 비이성, 무질서, 광기 등을 표상한다. 인간은 이해할 수 없는 신비한 지식은 유교 중심의 질서, 엄숙주의의 경전이 주는 억압을 탈피하여 사유가 해방되는 체험을 하게 한다. 여우가 바라보고 해석한 세상은 어떤 것이었을까. 그들이 가지고 있었던 호서의 내용이 새삼 궁금해진다.

한 동물이 이처럼 다양한 이미지와 상징을 지니는 것은 거의 여우가 유일하다. 그만큼 우리의 생활과 문화에서 여우는 친밀하고 익숙한 동물이 되었다. 범위를 확장하여 『이솝 우화』나 『여우 이야기』 등을 보면, 교활하거나 어리석거나 혹은 유쾌한 여우의 모습을 볼 수 있다. 다양한 상상력은 사고의 확장에서 시작된다. 최근 웹툰이나 드라마 등에서 여우=여성의 공식은 깨어지고 있고, 여러 방면으로 여우를 스토리텔링하려는 시도들이 있다. 그런데 긍정적인 시도들에도 불구하고 '여우는 아름답고, 사람을 매혹시킨다'는 틀은 여전히 유지되고 있다. 사고의 전환을 위해 잠시 해묵은 고전을 들추어보는 것도 나쁘지 않다.

인간의 감정을 공유하는 동물

사실 아름다운 여인으로 변신하여 인간을 유혹하고 위험에 빠트리는 동물이 여우만 있는 게 아니다. 돼지나 수달, 심지어 악어 같은 동물도 아름다운 여인으로 변신하여 남성을 홀린다. 설령 인간을 위험하게 하는 변신이라고 할지라도, 변신 이야기는 인간이 다양한 동물과 교감하고 이 세상을 함께 공유하며 살아온 경험이 축적된 결과다. 동물의 의인화는 인간이 동물을 생명력 있는 실체로 파악하여 인간의 삶으로 끌어오려는 노력이고, 상상의 언어를 통해 우주의 숨어 있는 의미를 발견하려는 시도다.

『수신기』에서 여우 다음으로 많이 등장하는 동물은 개다. 인간의 삶에서 개는 그만큼 친밀한 동물인데, 주인이 죽었어도 잊지 못하고 기다리는 개나 아주 먼 곳으로 보내졌는데 주인을 찾아 다시 돌아왔다는 개의 이야기는 지금도 종종 전해진다.

옛날 오나라 양양襄陽 사람 이신순李信純의 개는 술에 취해 쓰러져 있는 주인이 불에 탈 위기에 처하자 주인이 쓰러진 곳 주변으로 몸을 던져 불을 끄고 죽었다. 동진東晋 화륭華隆이라는 사람의 발에 뱀이 감기자 개가 뱀을 물어 죽이고, 마을로 달려가 짖어대며 사람들의 도움을 요청하였다.

이처럼 충성스럽고 영리하며 정이 깊은 동물을 어떻게 사랑하지 않을 수 있겠는가. 그런데 워낙 인간의 삶에 가까이 다가와 있는 동물이다보니 개와 관련하여 기이한 이야기도 많이 전해졌다. 여우가 주로 여성으로 상상되었다면, 개는 남성으로 상상되었다. 어떤 사람이나 상황이 마음에 들지 않아 비난할 때, '개와 같다'는 표현을 쓴다. 인간 이하의 상식이나 행동을 비유하는 말에도 등장하는 개는 인간 흉내를 내면서 뻔뻔하고 파렴치한 행동을 한다.

북평北平 사람 전염田琰이 어머니의 상을 당하여 무덤 근처에 여막廬幕을 짓고 묘를 지키며 지내고 있었다. 어느 날 저녁 무렵 전염이 갑자기 아내의 방으로 들어오자 아내는 몰래 나무라며 말하였다.

"지금 여막에서 지내시는 상황인데, 쾌락을 좇는 행동을 하시면 안 됩니다."

전염은 말을 듣지 않고 아내와 관계를 맺었다. 그 후 전염이 잠깐 집에 돌아왔지만, 아내에게 아무 말도 하지 않았다. 아내는 남편이 아무 말도 하지 않는 것을 이상하게 여겨 지난번의 일을 끄집어내며 책망하였다. 전염은 요괴가 한 짓임을 알았다. 날이 저물어도 잠들지 않고 상복을 여막에 걸어두었다.

잠시 뒤 흰 개 한 마리가 상복을 잡아채어 입에 물고는 사람으로 변하여 상복을 입고 전염의 집으로 향하였다. 전염이 뒤따라가 개가 아내의 침상에 오르는 것을 보고 바로 때려죽였다. 아내는 수치스러움을 견디지 못하고 죽었다.(『수신기』 권18)

아무것도 모르고 남편으로 변한 개와 관계한 전염의 아내는 얼마나 충격이 컸을까. 수치스러움이 너무도 커서 자결까지 하고 말았으니, 참으로 교활하고 나쁜 개가 아닐 수 없다. 인간과 이물의 결합이 용납될 수 있는 것은 그 인간이 남성일 경우다. 『요재지이』에서 인간과 여우의 절절한 사랑이 아름다울 수 있는 것도 인간이 남성이기에 가능하였다. 설령 아무것도 몰랐다고 하더라도 전염의 아내는 죄인일 수밖에 없었고, 결국 스스로 죽음을 택하는 결말이 되고 말았다. 어쩌면 이 이야기에서 개는 사실 진짜 개가 아니라 혹시 파렴치한 일을 저지른 사람의 다른 표현이 아닐까 생각해본다. 너무도 어이없고 충격적인 사건을 저지르고 인간 이하의 행동을 한 사람을 '개'로 치환하여 묘사한 이야기일 수도 있다.

왠지 개와 인간의 자리를 바꾸어놓고 보아도 크게 문맥이 달라질 것 같지 않은 상황은 남양南陽의 어느 마을 술 파는 집의 개 이야기에서도 찾아볼 수 있다. 개는 남의 집으로 유유히 들어가 죽은 사람이 살아 돌아온 것처럼 행동하고, 집안사람들에게 온갖 잔소리를 해 댔다.

사공司空을 지낸 남양 사람 내계덕來季德이 죽어 입관하였는데, 갑자기 모습을 드러내어 제사상 위에 앉았다. 얼굴과 옷, 목소리가 평소와 똑같았다. 아들, 손자, 며느리 들에게 차례로 훈계를 했는데, 말마다 조리가 있었다. 노비들에게는 채찍질하면서 그들의 잘못을 모두 찾아내었다.

실컷 다 먹고 마신 뒤에 집안사람들과 작별하고 떠났다. 집안사람 모두 비통하여 애간장이 끊어질 지경이었다. 그런데 이렇게 몇 년을 하다보니 집안사람들은 점점 그의 존재가 귀찮아지기 시작하였다. 그 후 내계덕이 술을 너무 많이 마시고 취하여 본 모습을 드러냈는데, 늙은 개였다. 사람들이 함께 때려죽이고 수소문해보니, 그 마을에서 술 파는 집의 개였다.(『수신기』 권18)

확실히 개는 여우처럼 정기를 빨아들이거나 목숨을 위협하는 동물로 상상되지 않았다. 대신 음흉하고 교활하며 뻔뻔하여 사람 사는 곳은 어디든 들어가서 사람 행세를 하고 사람들 일에 간섭하는 이방인과도 같다. 자주 찾아와 잔소리를 하도 해서 귀찮아진 사람들 앞에 개의 정체가 드러난 상황이 황당하면서도 웃긴다. 술에 거나하게 취해 본 모습을 드러낸 이 동물은 그다지 반갑지 않은 낯선 손님이다. 이 기이한 이야기들은 어찌 되었건 인간과 동물이 같은 공간에서 함께 살아갈 수밖에 없는 관계임을 말해준다. 동물도 인간과 똑같은 정감을 지니고 있다. 인간의 마음에 감응하고, 한번 입은 은혜는 어떤 방식을 통해서라도 갚는다.

진晉나라 때 위군魏郡에 가뭄이 들어 농부들이 용의 굴에 가서 기도하였더니 비가 내렸다. 감사드리기 위해 제사를 지내려는데, 손등孫登이 살펴보고 말하였다.

"이는 병든 용이 내린 비입니다. 어찌 곡식을 소생시키겠습니까? 믿지 못하겠다면 빗물 냄새를 한번 맡아보십시오."

과연 빗물에서는 비린내가 났고 더러웠다. 용은 그때 등에 큰 등창이 났는데, 손등의 말을 듣고 노인으로 변하여 나타나 치료해달라고 하였다.

"병이 나으면 당연히 보답하겠소."

며칠이 되지 않아 정말로 큰 비가 내렸다. 큰 바위 가운데가 쪼개져 우물이 생겼는데, 그 물은 맑았다. 용이 이 우물을 뚫어서 보답한 것이었다.(『수신기』 권20)

환경오염이 없었던 시절에 비린내가 나고 더러운 비가 내렸을 리 없지만, 병든 용 때문에 깨끗하지 않은 비가 내렸다는 상상은 당시 기이한 자연현상을 해석하는 하나의 방법이었던 것 같다. 어쨌든 등창 때문에 고통스러워하던 용은 노인의 모습으로 손등 앞에 나타나 치료받았고, 용은 깨끗한 우물로 은혜에 보답하였다.

서구 민담이나 판타지 서사에서 용은 주로 불, 뜨거움을 상징한다. 여러 동물의 모습이 섞여 있기에 용은 '혼종'의 이미지를 지니고 있고, 이 때문에 용에 대한 인식은 부정적이다. 특히 신화적 상상력에서 용은 사악한 마음을 나타내기에 용감한 영웅이 성장해나가는 데에 용을 죽이는 과정은 필요한 요소다. 이에 비해 동아시아에서 용은 물, 비, 차가움을 상징한다. 신령스러운 동물이지만 언제든 현실로 내려와 인간과 교감하였다. 이무기가 용으로 승천한다든가 12가지 띠에 용이 들어간 것을 보더라도, 용은 상상과 현실을 모두 넘나드는 동물로 여겨졌다.

그러니 용도 현실의 동물처럼 병이 들고 아플 때가 있다고 상상되었다. 『열선전列仙傳』에서 마사황馬師皇은 원래 말의 병을 고치는 의원이었지만, 용의 혀에 침을 놓고 감초탕을 먹여 병을 낫게 해주었다. 그 후로 용은 아플 때마다 마사황을 찾아왔고 매번 아픈 곳을 치료해주었더니, 용이 마사황을 데리고 하늘로 날아갔다.

용이 차가움을 나타내는 동물이라면, 호랑이는 뜨거움을 나타내는 동물이다. 용호상박龍虎相搏은 힘이 강한 두 사람이 싸워서 승부를 가르는 말을 의미하지만, 용과 호랑이의 싸움은 연단술鍊丹術적 상상력과 연결되기도 한다. 차가운 용은 수은, 뜨거운 호랑이는 유황을 상징하는데, 두 동물의 싸움, 이로부터 일어나는 화학적 결합은 단丹이 만들어지는 과정을 은유한다. 뜨거움을 나타내는 호랑이는 주로 불같은 성미를 내는 두려운 동물로 여겨졌다. 그런데 그런 호랑이도 모성애를 보이며 인간에게 호의를 표할 때가 있다.

소이蘇易는 여릉廬陵에 사는 부인으로 아이를 받고 산모 도와주는 일을 잘하였다. 어느 날 밤 갑자기 호랑이가 나타나 소이를 입에 물고 6, 7리를 갔다. 큰 묘혈에 도착해 소이를 땅에 내려놓고는 쭈그리고 앉아 지켰다. 소이가 보니 임신한 암호랑이였다. 출산하려는데 새끼가 나오지 않아 다 죽어가는 모습으로 엉금엉금 기다가 갑자기 소이를 쳐다보았다. 소이가 기이하다고 여기며 호랑이 새끼 세 마리를 받아내었다. 새끼를 다 낳고 호랑이는 소이를 태우고 집에 데려다주었다. 그 후 호랑이는 두세 차례 들짐승 고기를 소이의 대문 안에 갖다놓았다.(『수신기』 권20)

밤에 길을 가다가 호랑이를 만났으니 소이는 너무도 두려웠을 것이다. 하지만 호랑이에 붙들려 무덤구덩이에 도착하고 나서야 사정을 알게 되었다. 호랑이는 임신 중이었고, 신기하게도 호랑이는 소이가 조산助産에 능숙하다는 것을 알아보았다. 인간 아이를 받아내듯 소이는 호랑이 새끼들을 직접 손으로 받아내었다. 소이의 도움이 없었다면 호랑이는 자칫 새끼를 잃을 수도 있는 상황이었다. 어미 호랑이는 고마움을 잊지 않았고, 이를 보답하기 위해 짐승을 잡아서 소이의 집 앞에 갖다놓았다. 인간과 교감하고 은혜를 갚는 호랑이 이야기는 어쩌면 호랑이에 대한 두려움을 승화시키는 정신의 과정일 수 있다.

말 못 하는 동물이지만 모성애가 강한 동물도 원한이 맺히면 무서운 힘을 발휘한다. 임천臨川에 사는 어떤 사람은 산에 들어가 원숭이 새끼를 잡아왔다. 어미가 끝까지 따라와 새끼를 돌려달라고 애걸하였지만, 그 사람은 기어이 새끼를 때려죽였다. 어미는 그 자리에서 몸을 던져 죽었는데, 이 사람이 원숭이 배를 갈라보니 창자가 마디마디 잘려 있었다. 단장斷腸, 곧 창자가 끊어진다는 뜻으로 견딜 수 없는 심한 슬픔이나 괴로움을 나타내는 말이다. 복수는 이제부터 시작된다. 반년도 채 못 되어 원숭이를 죽인 사람의 집안 가족들이 모두 염병으로 죽게 되었다. 죽은 원숭이의 원한이 죽어서도 복수를 한 셈이다.

공도현耶都縣에는 마음씨 착한 할머니가 살고 있었다. 할머니가 밥을 먹을 때마다 머리에 뿔이 난 뱀이 나타났는데, 할머니는 불쌍한 마음이 들어 매일 뱀에게 밥을 먹였다. 어느 날 뱀이 현령의 말을 삼켜먹어 현령이 뱀을 죽이려고 할머니를 찾아왔다. 뱀을 찾았으나 찾지 못하자 현령은 화가 나서 할머니를 죽였다. 뱀은 사람의 영혼과 감응하여 말하였다.

성난 현령아! 어째서 나의 어머니를 죽였느냐? 어머니를 위해 복수하겠다.(『수신기』권20)

할머니는 그저 애잔한 마음에 뱀에게 밥을 주었을 뿐인데, 뱀은 할머니를 어머니로 여기고 있었다. 나를 보살피고 살게 해주는 모든 이는 어머니가 된다. 그 뒤로 밤마다 벼락치고 바람 부는 소리가 들리더니 마을이 땅속으로 꺼져 호수가 되었다. 용과 비슷한 모습 때문인지 뱀 역시 비와 물을 다스리는 능력이 있다고 여겨졌다. 마을이 다 잠겼지만, 할머니의 집만 잠기지 않아 그 후 할머니의 집은 어부들의 쉼터가 되었다. 풍랑이 일 때마다 할머니 집 근처에 배를 대면 아무 일도 없었다고 한다.

근대 사회가 시작되고 도시가 형성되면서 인간은 동물을 인간의 영역 밖으로 내쫓았다. 그러고는 다시 동물에 대한 기억을 떠올리기 위해 장막을 두르고 동물원을 만들었다. 아이들은 동물을 좋아한다. 동물원을 찾아가 안전하게 우리 안에 갇힌 동물을 바라본다. 이때 동물을 바라보는 인간의 시선은 권력이 된다. 동물을 보호한다는 인식에는 인간이 동물보다 우위에 있다는 생각이 깔려 있다. 한때 동물이 인간보다 더 우위에 있거나 혹은 인간과 동물이 공존하였던 관계가 완전히 역전된 곳이 동물원이다. 인간의 이기심이 만들어낸 기이한 공간이다.

그 옛날 신화의 시대에는 그랬다. 인간은 자연의 힘을 닮은 역동적인 동물을 숭배하였다. 소의 우직함을, 뱀의 영원성을, 새의 비상을 동경하였다. 고구려벽화에도 등장하는 소머리를 한 신농씨神農氏는 미노타우로스처럼 죽여야 할 괴물이 아니다. 우직하게 농사를 잘 짓는 소에 대한 동경이 신농씨의 모습을 만들어내었다. 뱀의 꼬리를 한 복희伏羲와 여와女媧도 마찬가지다. 꼬리를 서로 감고 있는 이들의 모습에는 영원과 다산을 염원하는 인간의 욕망이 투영되어 있다. 동아시아의 신화적 상상력에서 인간과 동물의 모습이 섞인 반인반수는 인간이 동물의 힘을 얻고, 더 나아가 동물과의 일체감을 느끼려는 사유를 담고 있다.

동물과 관련하여 이처럼 다양한 이야기들이 전해지는 것도 결국

그림 4-3 산동성山東省 무씨사武氏祠 벽화에 묘사된 신농씨. 쟁기로 밭을 가는 농부의 모습으로 묘사된 신농씨는 농업을 관장하는 신이었다.

그림 4-4 국립중앙박물관 소장 〈복희여와도〉. 뱀 꼬리가 서로 감고 있는 모습은 성적인 결합을 의미한다. 오누이였지만, 홍수에서 살아남아 부부가 되어 인류의 시조가 되었다.

인간이 동물과 조화롭게 살아가고자 하였던 의지에서 나왔다. 비록 기괴하고 섬뜩한 느낌을 주거나 인간을 곤란에 빠뜨리고 위험에 처하게 하는 이야기도 있지만, 이는 모두 인간이 동물을 바라보고 동물과 공감하려는 방식 중 하나였다. 한낱 미물도 감정이 있고 인간과 공감하며 살아간다. 기이하면서도 놀라움과 감동을 주는 동물 이야기는 궁극적으로 동물에 빗대어 인간의 마음을 한번 들여다보고, 인간을 돌아보는 계기가 된다. 신비로운 사건이 가득한 세상, 지나가는 개미 한 마리도 흘려볼 수 없는 일이다.

제5장

충蟲·물物:
만물은 살아
움직인다

낯설지만 반가운 손님, 벌레

인간이 어쩌다 벌레를 그토록 싫어하게 되었을까. 벌레는 그저 자신의 방식대로 충실하게 살아갈 뿐인데, 우리는 벌레를 보면 소스라치게 놀란다. 타인을 비난하는 말이나 비속어에는 어김없이 벌레라는 단어가 들어간다. 특히 위생 문제와 연결되면서 벌레는 언제부터인가 혐오 대상이 되었다. 하지만 식용에서 의료용에 이르기까지 벌레의 효용은 매우 광범위하고, 벌레는 미래를 대표할 자원 중 하나로 손꼽히고 있다. 다양한 효용성과 강한 생명력 덕분에 아무리 싫어해도 인간은 벌레와 더불어 살아갈 수밖에 없다.

그 옛날 신화의 시대에 벌레는 인간과 공감하며 살아가는 생물이었다. 무속신화 「창세가」에서는 하늘에서 떨어진 금벌레·은벌레가 변하여 인간이 되었고, 『삼오역기』에서는 거인 반고가 죽은 뒤 반고의 몸에 있던 벌레가 바람을 맞아 인간이 되었다. 북유럽 신화에서 드워프Dwarf는 시체에서 들끓던 구더기가 인간의 모습으로 변한 요정이다. 이들은 수공에 뛰어난 장인으로 동화 「구둣방 할아버지와 난쟁이」에서 인간을 도와주는 정겨운 존재였고, 일본 애니메이션 〈충사〉에서 벌레는 생명의 근원으로 묘사되기도 하였다. 벌레에 대한 상상력은 이처럼 다채롭게 전해지고 있다.

벌레가 개나 고양이 같은 동물과 다르게 느껴지는 이유는 인간과 감정을 나눌 수 없고, 좀처럼 길들이기 어렵다는 데에 있다. 어느 날 갑자기 인간을 침범할지 모른다는 두려움마저 주기에 벌레는 공포 영화의 주제가 되기도 한다. 하지만 생명력이 넘치는 생태학적 상상력 속에서 벌레는 인간과 감응을 한다. 떼를 지어 다니는 벌레들은 나름의 원칙이 있다. 작지만 집단으로 행동할 때에는 큰 힘을 발휘한다. 한국의 홍수설화 「목도령과 대홍수」에서 목도령이 인류의 시조가 될 수 있었던 것도 개미 떼와 모기 떼의 도움이 있었기 때문이다. 세상 모든 생명체가 홍수에 떠밀려갈 때 목도령이 개미 떼와 모기 떼를 구해준 데에 대한 보은이었다.

참으로 신기한 상상력이 아닐 수 없다. 홍수라는 거대한 재난이 일어난 순간, 목도령은 유용하게 쓸 수 있는 동물이나 사물이 아니라 개미 떼와 모기 떼를 구해주었다. 가장 쓸모없어 보이는 작은 벌레에게 측은지심을 가지고 벌레를 하나의 생명체로 인정하여 공존하려고 하였던 사유가 아니었을까 생각해본다. 인간의 도움을 받은 벌레들은 고마움을 느끼고 은혜에 보답한다. 감정이나 생각하는 마음이 전혀 없을 것 같은 벌레가 인간과 감응하는 이야기는 그래서 훨씬 더 감동적으로 다가온다.

오군吳郡 사람 동소지董昭之가 배를 타고 전당강錢塘江을 지나갈 때였다. 동소지는 강 중앙에서 개미 한 마리가 짧은 갈대 위에 붙어 있는 것을 보았다. 개미가 갈대 위에서 어쩔 줄 모르고 왔다갔다하자 동소지는 개미도 죽음을 두려워한다고 느꼈다. 측은한 마음이 들어 살려주려고 하는데, 옆에 있던 동행인은 사람에게 해를 끼치는 벌레이니 죽여야 한다고 하였다. 하지만 동소지는 몰래 갈대를 배에 묶어주었고, 배가 강가에 이르자 개미는 무사히 강을 벗어날 수 있었다. 개미는 그날 밤 동소지의 꿈에 나타났다.

> 그날 밤 동소지의 꿈에 검은 옷을 입은 사람이 100명쯤 되는 사람들을 거느리고 와서 감사하며 말하였다.
> "저는 개미들의 왕입니다. 조심하지 않다가 강에 떨어졌는데, 부끄럽게도 그대가 구해주셨습니다. 만약 위급한 어려움이 생기면 저에게 알려주십시오."(『수신기』권20)

그 일이 있은 지 10년이 지나고, 동소지의 마을에 강도사건이 일어났다. 관리들이 아무나 의심하여 닥치는 대로 사람들을 잡아들였는데, 동소지도 억울하게 연루되어 감옥에 잡혀 들어갔다. 문득 10년전 개미가 했던 말이 기억났다. 골똘하게 궁리를 하다가 개미 두세마리를 손바닥에 올려놓고 개미 왕을 불렀다. 그랬더니 개미 왕이 꿈에 나타나 지금 바로 여항산餘杭山으로 달아나라고 하면서, 머지 않아 사면령이 내려질 것이니 걱정 말라고 하였다. 꿈에서 깨어보니 개미들이 이미 형틀을 다 갉아놓았고, 동소지는 그대로 감옥을 빠져나올 수 있었다.

여릉廬陵 태수 방기龐企는 몇 대 조상부터 이어져온 벌레와의 인연을 소중하게 여기고 있었다. 먼 조상이 어떤 일에 억울하게 연루되어 감옥에 갇혔는데, 우연히 땅강아지가 바닥을 기어가고 있어 밥을 주었다. 주변을 오가며 밥을 얻어먹던 땅강아지는 몸집이 점점 커졌고, 수십 일이 지나자 돼지만큼 커졌다. 사형이 집행되려는 순간, 땅강아지가 감옥 벽의 바닥을 파서 구멍을 만들고 형틀을 부수어 방기의 먼 조상을 도망가게 하였다. 방씨 가문은 고마운 마음에 대대로 땅강아지에게 제사를 지냈다고 하였다.

동소지와 방기의 이야기에서 공통점은 모두 억울한 일을 당했을 때 벌레가 도와줬다는 것이다. 세상이 부조리하여 아무도 도와줄 사람이 없는 삭막한 상황에서 작은 벌레들이 나서서 어려운 문제를 해결해주었다. 인간의 도리를 이해하는 벌레의 신비한 능력은 또 올바른 정치를 판가름하는 데까지 이른다. 특히 누리 같은 벌레는 가뭄에 떼를 지어 다니면서 농작물을 초토화하여 사람들에게 공포의 대상이 되었는데, 관리가 고을을 잘 다스리면 누리 떼가 그곳만 피해간다는 상상력이 생겼다. 후한 때 서허徐栩라는 관리의 사연이 그랬다.

후한 때 서허는 자가 경경敬卿으로 오군 유권由拳 사람이다. 젊어서 옥졸이 되어 법을 세심하고 공평하게 집행하였다. 나중에는 소황小黃의 현령이 되었다. 이때 인근 현에는 엄청나게 많은 누리 떼가 날아들어 들판에 풀 한 포기 남아나지 않았지만, 누리 떼가 소황현의 경계는 지나치고 날아가 모여들지 않았다. 자사刺史가 소황현을 순시하면서 서허가 누리 떼의 재난을 제대로 다스리지 않았다며 꾸짖었고, 서허는 관직을 그만 두었다. 그러자 누리 떼가 마치 소문이라도 들은 듯 소황현으로 몰려들 었다. 자사가 사과하고 서허를 현령 자리로 돌아오게 하자 누리 떼는 바로 다른 곳으로 날아갔다.(『수신기』 권11)

농경 사회에서 수재水災, 한재旱災 등은 물론이고 벌레가 일으키는 충재蟲災 역시 커다란 공포였다. 비가 내리지 않은 가문 논밭에 누리 떼가 한번 지나가면 농작물이 남아나지 않았다. 그러다보니 누리에 대한 공포는 종교적인 영역과 결합하여, 명청대에는 누리를 숭

그림 5-1 『고금도서집성』 권175에 묘사된 사종斯螽의 모습. 누리와 같은 종류이다. 관리가 마을을 잘 다스리면 그 마을은 누리의 재난이 일어나지 않는다는 상상력은 지괴뿐 아니라 『태평광기』, 『요재지이』 등 중국 서사문학에 많이 나타난다.

배하는 민간신앙이 생기기도 하였다. 마을마다 누리를 모시는 사당을 세우고 제사를 지냈다. 심지어 강남 지역에서는 누리 떼가 지나가도 퇴치하지 않고 오히려 신이 찾아왔다고 반기는 일이 일어나기도 하였다.

이러한 상황이 어이없게 느껴질 수 있겠지만, 한때 우리도 바퀴벌레가 재물을 의미한다고 하여 적극적으로 없애려 하지 않았던 시절이 있었다. 그리마 역시 돈벌레라고 부르며 죽이면 돈복이 나간다는 미신이 있었다. 벌레들이 따뜻하고 습한 곳을 좋아하여 난방이 잘되는 부잣집이나 어둡고 습한 곳간에 몰리는 습성 때문에 벌레와 돈의 이미지가 결합되었다. 이와는 결이 다른 상상력이지만, 중국에서도 돈과 재물을 불러들이는 벌레 이야기가 있다. 중국의 남쪽 지역에 서식하는 청부靑蚨라는 벌레 이야기다.

새끼를 잡아가면 어미가 바로 날아오는데, 거리가 멀건 가깝건 상관없이 날아온다. 새끼를 몰래 잡아가도 어미는 반드시 새끼가 있는 곳을 알아낸다. 어미의 피를 81개 동전에 바르고 새끼의 피를 81개 동전에 발라 물건을 살 때마다 먼저 어미 피를 바른 돈을 내거나 새끼 피를 바른 돈을 내면 돈은 모두 다시 날아서 돌아온다. 그러니 수레바퀴처럼 돌려서 계속 쓸 수 있다.(『수신기』 권13)

청부라는 벌레는 어미와 새끼가 마음이 연결되어 서로 떨어져도 다시 만난다고 한다. 물론 과학적 근거는 없다. 어미와 새끼가 아무리 멀리 헤어져도 결국 다시 만난다는 상상력은 가족 간의 지극한 사랑을 은유하기도 하고, 연인이 멀리 헤어져도 언젠가는 다시 만날 수 있다는 믿음을 나타내기도 한다. 사람들은 청부와 돈을 연결하여 내 주머니에서 나간 돈이 언젠가는 나에게 다시 돌아올 거라는 상상을 하기 시작하였다. 덕분에 청부는 더럽고 불결한 느낌 대신 부와 재물, 사랑 등의 이미지를 얻을 수 있었다.

인간은 이 세상에서 인간만이 존엄하고 고귀하며 위대하다고 생각한다. 하지만 인간에게는 다른 뭇 생명들과 자연 위에서 군림하며 함부로 행동할 권리가 없다. 타인을 배신하고 괴롭히며 갈등을 일으키는 존재는 늘 인간이다. 오히려 벌레의 세계가 인간 사회보다 더 공정하고 이타적이다. 그들은 먹이를 발견했을 때 불러서 함께 나르고, 위험이 감지되면 알려서 도망가게 한다. 페로몬으로 냄새 길을 만들어 서로가 길을 잃지 않게 해준다. 타인을 배려하고 질서를 잘 지키는 세계다. 예장豫章의 어느 집 벽에서 나온 쥐며느리들의 세계도 그러하였다.

예장의 어느 집 하녀가 부엌에 있었는데, 갑자기 키가 몇 치 남짓한 작은 사람들이 부엌의 벽 사이에서 나왔다. 하녀가 잘못하여 그중 한 명을 발로 밟아 죽였다. 잠시 뒤 수백 명 작은 사람들이 삼베 상복을 갖추어 입고 관을 들고 시체를 거둬들이러 나왔다. 장례 치르는 예의를 모두 갖추고 있었다. 이들은 동문을 나서서 정원에 엎어진 배 아래로 들어갔다. 하녀가 보니 모두 쥐며느리였다. 물을 끓여 부어서 죽이니 기이한 일들이 사라졌다.(『수신기』 권19)

벽 사이 갈라진 틈에 벌레들만이 기거하는 기이한 공간은 인간이 갈 수 없는 유토피아와도 같다. 쥐며느리들은 질서를 잘 지켰고, 예교를 존중하는 생명체들이었다. 동료가 죽자 수백 마리의 벌레가 사람 모습으로 나타나 줄지어 걸어가며 장례를 치르는 모습은 매우 엄숙하기까지 하다. 쥐며느리는 사람을 공격하거나 괴롭히지 않았다. 그들은 그들 방식대로 예를 다해 장례를 치렀을 뿐인데, 하녀는 처음 본 광경에 소름 끼치고 끔찍하다는 느낌을 받았던 것 같다. 아무리 그래도 끓는 물을 부어서 다 죽일 필요까지 있었을까. 역시 세상에서 가장 잔인한 동물은 인간이다.

벌레는 개나 고양이처럼 인간에게 살갑지도 않고, 소나 돼지처럼 생활에 보탬이 되지도 않는다고 여겨진다. 더럽거나 혐오스럽거나 두렵거나 한, 대부분 부정적인 느낌을 준다. 하지만 그들은 자신들만의 방식으로 질서를 지키며 살아간다. 다른 동물들처럼 감각을 통해 서로 대화하고 인간과 공존하며 함께 살아왔다. 벌레가 돈을 불러온다든가, 올바른 정치를 알아본다든가, 인간에게 은혜를 갚는다고 상상하는 것은 인간이 벌레와 교감하며 살아온 경험의 또다른 표현이다. 벌레는 결국 인간이 스스로 보고 싶은 인간의 모습을 투영한 피사체다. 벌레들이 만들어내는 오밀조밀한 세계는 그만큼 인간의 상상력을 풍부하게 해주었다.

근대의학이 시작되면서 위생은 가장 중요한 문제가 되었다. 병균에 대한 인식은 방역과 연결되었고, 그 과정에서 벌레는 1차적으로 퇴치의 대상이 되었다. 두려움은 더 큰 두려움과 연결된다. 꿈틀거리거나 파닥거리는 벌레의 모습은 더욱 혐오감을 주게 되었다. 이렇게 볼 때, 벌레를 생명의 근원으로 표현하였던 애니메이션 〈충사〉의 상상력은 벌레=타자라는 편견을 극복하였다는 점에서 의의가 있다. 인간의 상황은 계속 변화한다. 혹시 미래에 벌레가 생존문제를 해결할 중요한 식재료로 부상하여 사람에게 이로움을 주는 존재가 된다면, 벌레에 대한 상상력은 다시 고전으로 돌아갈지도 모르겠다.

요괴가 깃든 사물들

공자가 진陳 나라의 어느 여관에서 묵고 있을 때였다. 키가 아홉 척이나 되고, 검은 옷에 높은 갓을 쓴 사람이 크게 소리치며 나타나 사람들을 놀라게 하였다. 자공子貢이 나가서 말리고, 자로子路가 만류하여도 당해낼 수 없었다. 이상한 나그네는 자공을 들어올려 옆구리에 끼었고, 자로를 밀쳐내었다. 이때 공자가 나그네의 턱과 갑옷 사이가 자주 벌어지는 것을 발견하고, 그 틈으로 손을 넣어보라고 하였다. 자로가 틈 사이로 손을 집어넣어 당기니 나그네가 바로 쓰러졌는데, 알고 보니 아홉 척이나 되는 메기였다. 메기를 삶아서 아픈 사람에게 주었더니 병에 차도가 있었다. 다음날 공자 일행은 길을 떠났다.

입에도 올리지 말라고 하였던 괴력난신의 이야기에 공자 자신이 주인공으로 등장하는 것을 알았다면 어떤 반응을 보일까.『수신기』에 공자 이야기가 들어간 상황이 어색하기는 하지만, 위진남북조시대만 해도 공자는 이미 신격화되어 신비한 전설이 많이 떠돌아다녔다. 뛰어난 통찰력으로 사람들이 풀지 못한 사건을 해결하는 이야기에서 공자가 종종 등장하였는데, 여기서도 자공이나 자로가 알아내지 못한 사실을 공자가 간파하고 나그네의 실체를 드러나게 하였다. 메기를 잡은 뒤 공자는 요괴가 생기는 이유에 대해 설파하였다.

이 요괴는 어째서 여기까지 왔는가? 사물이 오래되면 여러 정령이 깃드는데, 낡고 쇠하기 때문에 요괴가 붙는다고 들었다. 메기 요괴가 온 것은 내가 액을 만나서 양식이 끊어지고, 종자들이 병이 났기 때문인가? 육축六畜과 거북, 뱀, 물고기, 자라, 풀, 나무 등이 오래되면 모두 신령이 붙어서 요괴가 될 수 있으니, 이를 오유五酉라고 한다. 오유란 오행마다 상응한 방향에 속하는 요괴를 가리킨다. 유酉란 늙음이다. 사물이 오래되면 요괴가 되고, 요괴를 죽이면 완전히 사라지니, 무엇을 근심하리오?(『수신기』권19)

한국인에게도 익숙한 도깨비 역시 그렇다. 도깨비는 오래된 물건에 깃든 물성物性이 인격화한 존재다. 낡고 너덜너덜해진 물건은 쓸모없는 것으로 취급하여 버릴 수 있지만, 오랜 시간 견뎌내어 지금 내 앞에 놓인 물건은 한없이 귀하고 경이로운 것이 된다. 오래된 물건이란 애착의 또다른 표현이다. 촉각은 그만큼 정겨움을 주는 감각이다. 긴 세월 동안 만져왔고 손때가 묻어 원래의 물성이 사라지는 자리에 도깨비든 요괴든 영혼이 깃든다. 함양咸陽 왕신王臣이라는 사람의 집에도 오래된 물건에 혼이 깃들었다.

위나라 명제明帝 경초景初 때 함양의 하급 관리 왕신의 집에 괴상한 일이 일어났다. 까닭 없이 손뼉 치고 서로 부르는 소리가 들려서 지켜봐도 아무것도 보이지 않았다. 그의 어머니가 밤에 피곤하여 베개를 베고 쉬고 있는데, 잠시 후 부엌에서 다시 부르는 소리가 들렸다.

"문약文約아! 어째서 오지 않는 게야?"

어머니가 베고 있던 베개가 대답하였다.

"누가 나를 베고 있어서 갈 수 없어. 네가 내 쪽으로 와서 술 마시는 것이 좋겠다."

날이 밝아서 보니 밥주걱이었다. 밥주걱과 베개를 모두 태워버리니 괴상한 일이 더는 일어나지 않았다.(『수신기』 권18)

밤마다 서로 손뼉 치며 부르는 소리의 실체가 밥주걱과 베개라니 얼마나 흔하고 흔한 물건들의 반란인가. 밥을 먹고 잠을 잘 때마다 매일 만져 사람의 손때가 가장 많이 묻는 것이 주걱과 베개다. 특별할 것 같지 않은 주걱과 베개가 어느 날 갑자기 사람들을 향해 말을 걸어오기 시작하였다.

익숙함은 이내 낯설게 되고, 낯선 느낌은 인간이 즐거운 상상을 하도록 만든다. 일상을 더 새롭게 바라보는 계기가 된다. 하지만 왕신은 이 낯선 느낌이 두렵고 싫었다. 손때 묻은 주걱과 베개를 불태워버렸으니 뭐라고 탓할 수는 없다.

또 오래된 절굿공이에 깃든 요괴 덕분에 부자가 된 사람의 이야기가 있다. 위군魏郡 사람 장분張奮은 원래 큰 부자였는데, 늙고 재산이 줄어들자 집을 정응程應에게 팔았다. 정응이 그 집에 들어가서 살았으나 집안사람들이 다 병들어 죽고 이웃 사람 아문阿文에게 다시 집을 팔았다. 아문은 저녁 무렵 큰 칼을 들고 대들보에 앉아 집에서 무슨 일이 일어나고 있는지 살펴보고 있었다. 조금 뒤 푸른 옷과 누런 옷, 흰 옷을 입은 사람이 나타나 '가는 허리'라고 불리는 사람과 이야기하다가 사라졌다. 아문은 방금 왔다간 사람들 흉내를 내며 가는 허리를 불러 이것저것 물어봤다.

"누런 옷을 입은 사람은 누구인가?"
"금인데 안채의 서쪽 벽 아래에 있습니다."
"푸른 옷을 입은 사람은 누구인가?"
"돈인데 안채 앞 우물가에서 다섯 걸음 되는 곳에 있습니다."
"흰 옷 입은 사람은 누구인가?"
"은인데 담의 동북쪽 모퉁이 기둥 아래에 있습니다."
"그러면 그대는 누구인가?"
"나는 절굿공이인데 지금 부엌에 있습니다."(『수신기』권18)

아문은 새벽이 되자 차례대로 땅을 파서 금과 은, 돈을 찾았고, 절굿공이를 태워버렸다. 매일 곡식을 빻을 때마다 손에 쥐고 사용하였던 절굿공이에도 어김없이 영혼이 깃들어버렸다. 오랜 시간 터줏대감처럼 지내왔던 절굿공이는 이 집의 사정을 잘 알고 있었다. 돈이 어디에 있는지, 금과 은은 또 어디에 묻혀 있는지. 돈과 금은 역시 원래 주인이었던 장분이 오랫동안 손으로 만지며 애지중지했을 터다.

하지만 정보를 알려준 절굿공이는 불태워지고, 돈과 금은은 모두 아문의 손에 넘어갔다. 재산의 주인은 따로 정해져 있었나보다.

세상의 모든 것에 생명이나 의식, 감정이 있다고 믿는 사고를 애니미즘이라고 한다. 인간의 심적 세계와 물적 세계가 구분되어 있지 않은 사유이기에 흔히 원시인이나 유아의 사고 형식으로 간주한다. 아주 어릴 적 잠들면 내 방의 물건들이 살아 움직일지도 모른다는 상상을 하며 잠들었던 기억이 있다. 유치하고 어리석은 생각일 수 있지만, 편견이 아직 자리잡지 않은 순수한 마음으로 세상을 바라보는 행동이었다. 세상의 모든 사물이 놀라운 힘과 영혼을 지니고 있다고 믿는 원시신앙 역시 자연과 우주를 바라보는 인간의 순수한 마음 혹은 숭배, 갈망의 다른 표현이다.

오래된 나무에도 요괴가 깃들어 산다. 무도武都의 노특사怒特祠에 있는 가래나무는 아무리 베어도 가지가 다시 합쳐져 잘리지 않았다. 나무를 자르다가 발을 다쳐 힘들어진 병졸 한 명이 나무 아래에서 쉬고 있는데, 귀신과 나무 요괴가 대화하는 것을 들었다. 나무에 붉은 실을 감고 붉은 옷을 입은 300명이 재를 뿌려가며 찍으면 나무가 잘린다고 하였다. 병졸이 문공文公에게 알려 그대로 해보니 나무가 잘리면서 푸른 소 한 마리가 튀어나왔다. 또 오나라 육경숙陸敬叔이 우연히 녹나무를 잘랐는데, 나무 안에서 사람 얼굴에 개의 몸을 한 요괴가 나왔다. 육경숙은 요괴를 불에 태우지 않고 삶아 먹었다.

께름칙하지만 요괴를 먹는 행위는 요괴가 가진 기이한 힘을 온전히 자기 것으로 흡수하는 의미를 지닌다. 요괴 고기에서는 개고기 맛이 났다고 하였다. 혹시 요괴를 먹을 기회가 생기더라도 먹고 싶지는 않다.

『아낌없이 주는 나무』 같은 동화를 알아서일까. 나무는 늘 같은 자리에 서서 묵묵하게 인간에게 위로를 주는 존재로 여겨진다. 혹은 아폴론의 사랑을 거절하고 월계수가 되어버린 다프네의 사연을 듣는다면, 나무는 슬픈 기억의 흔적으로 다가온다. 땅 아래로 뿌리를 내리거나 하늘 위로 가지가 뻗거나, 나무의 움직임은 수직적이다. 이와는 달리 요괴가 깃든 나무는 왠지 역동적이다. 푸른 소 모습의 나무 요괴도 있고, 사람 얼굴에 개의 몸을 한 나무 요괴도 있다. 나무가 펄떡이고 살아 움직이는 동물의 힘을 지니고 있다고 상상하는 것은 꽤 흥미롭다.

어떤 귤나무는 인간의 말을 할 수 있었다. 바로 남강군南康郡의 남쪽 동망산東望山에 있는 귤나무다. 산속의 영험한 기운이 이 나무를 보호하고 있었다. 어느 날 세 사람이 산속으로 들어갔다가 귤나무가 있는 것을 보았다. 사람들이 줄지어 서 있는 것처럼 심겨 있는 나무들은 하늘이 조화를 부린 듯하였다. 마침 목이 말라 세 사람은 배가 부르도록 귤을 따먹었다. 다 먹고는 산에서 본 진기한 광경을 사람들에게 말해주려고 귤 두 개를 따서 품속에 넣었다. 그 순간 귤나무가 말하는 소리가 하늘에서 울렸다.

어서 귤 두 개를 내려놓아라. 그러면 보내주겠다.(『수신기』 권17)

    지나가는 지친 나그네가 한없이 귤을 따먹는 것은 허락하지만, 산 밖으로 귤이 전해지려는 순간 나무는 신령처럼 영험한 목소리를 드러내었다. 신성한 산속에만 있었던 귤이 세속의 공간에 알려지는 것은 용납되지 않았다. 느낌은 다르지만, 우리 가곡 〈아무도 모르라고〉의 상황이 연상된다. 떡갈나무 숲속에 올랐다가 아무도 모르게 졸졸 흐르는 샘물을 발견하고, 혼자 마시고는 다른 사람들은 모르면 좋겠다는 마음에 덮어두고 내려오는 사람의 순수한 심정도 그러지 않을까. 산속 세계는 그대로 순수함을 유지하며 살게 해두고 싶은 마음이다.

    아무도 갈 수 없는 곳, 인간의 흔적이 허락되지 않는 낙원은 서쪽 끝 곤륜산에 있다고 상상하였다. 곤륜산은 서왕모가 사는 곳이다. 경전을 가지러 떠나는 모험 이야기 『서유기』에서 서쪽 역시 유토피아에 대한 갈망을 은유한다. 곤륜산에 닿기 전, 화염산火炎山을 먼저 지나야 한다. 화염산은 이름 그대로 불이 타오르는 산이다. 바람이 불거나 비가 내려도 1년 내내 불이 타오르고 있어 나찰녀羅刹女의 파초선芭蕉扇이 없으면 너무 뜨거워 지나갈 수 없다. 불이 타오르는 화산 안에는 매우 특별한 보물이 있는데, 그것은 바로 화완포火浣布다. 『수신기』에서는 화한포火澣布로 소개되고 있다.

곤륜산의 큰 언덕은 땅에서 가장 높은 곳이다. 천제가 인간 세상의 도읍을 여기에 세웠는데, 바깥으로 깊은 약수弱水가 흘러 세속과 단절되었고, 또 화염산이 둘러싸고 있다. 화염산 위에 새, 짐승, 풀, 나무가 있는데, 모두 불꽃 속에서 나고 자란다. 화한포가 여기에서 난다. 화한포는 화염산의 풀이나 나무껍질로 만들거나 새나 짐승의 털로 만든다.(『수신기』 권13)

화완포는 화염산의 풀이나 나무껍질, 동물의 털로 짠 베다. 『신이경神異經·남황경南荒經』에서는 화염산에 사는 쥐 털로 짠 베라고 하였고, 『열자列子·탕문편湯問篇』에서는 주나라 목왕이 서쪽 오랑캐들을 크게 정벌하자 화완포를 바쳤다고 하였다. 화완포는 낙원, 서왕모, 인간이 가보지 못한 서쪽 변방 등과 연결되어 신비하고 귀한 보물로 상상되었다. 화완포를 더욱 신비롭게 만드는 것은 화완포의 세탁법이다. 완浣 혹은 한澣은 '빨래한다'는 뜻으로 화완포를 빨려면 불에다 빨아야 한다. 불에 넣으면 타는 것이 아니라 빛깔이 더 고와진다.

이 기이한 옷감은 『흥부전』이나 『박씨전』에도 등장한다. 심술이 난 놀부가 그냥 비단인 줄 알고 화완포를 불에 던졌는데, 비단의 빛깔이 더 고와졌다고 한다. 박씨 부인은 직접 화완포로 만든 치마를 입고 등장한다. 친한 부인들이 도술을 보여달라고 하자, 술잔을 치마에 엎고는 불에 태우라며 시녀에게 벗어준다. 빨래라고 하면 흔히 더러워진 옷을 물에 빠는 것을 말한다. 하지만 화완포는 물이 아니

그림 5-2 『삼재도회·지리』권8에 묘사된 곤륜산의 모습. 서쪽의 낙원으로, 서왕모가 살며 불사의 물이 흐른다고 상상되었다.

라 불에 넣고 빨아야 한다. 익숙한 현실을 뛰어넘는 상상력이다. 상상력은 황당무계한 생각에 그치지 않고 과학과 기술의 원동력이 되기도 한다. 불에 타지 않는 옷감을 이제 현실에서 볼 수 있게 되었으니 말이다.

불에 타지 않는 베가 있으면, 물에 넣어도 젖지 않는 옷감도 있다. 그것은 바다에 사는 인어가 짠 베다. 서쪽 끝에 곤륜산이라는 낙원이 있다면, 동쪽 바닷속에는 봉래산이라는 낙원이 있다. 어릴 때 『인어공주』를 읽어본 사람이라면, 누구나 인어에 대한 아련한 기억이 있다. 사랑하는 사람 앞에서 자신의 사랑을 표현해보지도 못하고 물거품이 되어 사라지는 장면은 두고두고 마음을 아프게 하였다. 그

그림 5-3 『삼재도회·지리』 권8에 묘사된 봉래산의 모습. 동쪽 바닷속에 있는 낙원으로 상상되었다. 바닷속이지만 해와 달, 별자리를 함께 묘사한 점이 흥미롭다.

느낌이 너무 아련해서인지 바닷속에서 하염없이 실을 뽑고 베를 짜는 인어의 모습은 왠지 애잔한 느낌을 준다.

남해군 밖 바다에 인어가 산다. 물고기처럼 물속에 살며 쉬지 않고 실을 뽑고 베를 짠다. 인어는 울 때 눈에서 진주를 떨어뜨릴 수 있다.(『수신기』 권12)

인어에 대한 상상력은 『산해경』에서부터 찾아볼 수 있다. 어린아이처럼 우는 네 발 달린 인어가 있고, 사람 얼굴에 손과 발이 길게 난 능어陵魚가 있다. 민머리 남성의 모습에 하반신만 물고기인 저인국氐人國 사람들도 있다. 동화책에서 본 인어들처럼 예쁜 모습이 아니다. 그야말로 자유분방한 상상력이 만들어낸 기괴한 모습으로, 이는 영원히 물속에 사는 삶에 대한 기이한 동경을 나타낸다. 슬라브 신화에서 물의 요정 루살카Rusalka는 노래와 미모로 사람을 홀려서 물에 빠져 죽게 하지만, 『산해경』의 인어들은 인간의 삶에 간섭하지 않고 유유자적 살아간다.

위진남북조시대에 이르러 인어는 바닷속과 육지를 넘나드는 존재가 되어갔다. 『산해경』에서 인어는 특별하게 성별이 정해져 있지 않았지만, 『수신기』를 비롯하여 『박물지』, 『술이기』 등에서 인어는 여성에 가까운 느낌을 준다. 실을 뽑고 베를 짜는 일은 주로 여성이 맡아왔기 때문에 자연스럽게 여성과 연결된 것으로 보인다. 그 후

陵
魚
圖

그림 5-4 『고금도서집성』 권150에 묘사된 능어의 모습. 손과 발이 길게 나 한층 더 기괴
한 느낌을 준다.

그림 5-5 『고금도서집성』 권107에 묘사된 저인국 사람의 모습. 동화나 애니메이션 〈인어공주〉에서 그려지는 인어의 이미지와는 많은 차이가 있다. 우리의 상상력에 편견이 있었음을 확인할 수 있다.

당나라 문학에서 인어는 아름다운 여성의 이미지를 갖게 되었고, 송나라 문학에서는 인어가 인간 남성과 교합할 수 있는 존재로 묘사되었다. 물속에 사는 이방인이지만, 구미호나 루살카처럼 인간을 위험에 빠트리는 타자로 여겨지지 않았다.

『술이기』에는 양주揚州에 있는 사시蛇市에서 상인들이 인어가 짠 베를 판다고 하였다. 인어가 짠 베는 서리처럼 희고 차가우며 물에 들어가도 젖지 않으니, 화완포와 상반되는 상상력을 보여준다. 인어는 도대체 무슨 사연이 있길래 쉬지 않고 실을 뽑고 베를 짤까. 이는 마치 고된 노동을 감내하며 묵묵히 길쌈하는 아낙네의 모습을 연상시킨다. 힘든 현실을 참아내며 흘리는 그들의 눈물은 진주가 된다.

마치 고통과 아픔을 참아내고 영롱한 진주를 만들어내는 진주조개처럼 인어들의 눈물은 아름다움으로 승화된다. 낯선 이방인이지만 남해 먼 바닷속 인어가 애잔하고 낯설지 않게 느껴지는 이유다.

신비한 술

옛날 진첨秦瞻이라는 자가 곡아曲阿의 어느 들판에서 살았는데, 갑자기 뱀 같은 물건이 머릿속으로 들어왔다. 뱀은 먼저 킁킁대며 나쁜 냄새를 맡고는 바로 콧구멍으로 파고들었다. 그러고 나서 머릿속에서 똬리를 틀었는데, 진첨은 머릿속이 왁자지껄한 느낌이 들었다. 어떤 때는 머릿속에서 쩝쩝거리며 먹는 소리가 들리기도 하였다. 며칠 지나서 뱀이 잠시 빠져나갔다가 다시 들어오려고 하였는데, 진첨이 수건으로 코와 입을 막으며 안간힘을 써도 뱀은 기어이 머릿속으로 파고 들어왔다. 진첨은 여러 해 동안 다른 병을 앓지 않았지만, 머리가 아픈 병을 앓았다고 한다.

이는 진첨이 오랫동안 만성두통에 시달렸던 상황이 기괴한 상상력으로 표현된 이야기가 아닐까 한다. 오늘날이야 약을 먹으면 금세 사라지는 두통이지만, 좀처럼 나아지지 않는 두통은 너무도 고통스러워 마치 뱀이 머릿속에 있다는 느낌을 줄 수 있다. 마침 뇌의 구불구불한 모습은 뱀과 닮았다. 두통을 뱀처럼 구체적인 생명체로 상상하게 된다면, 두통은 막연한 고통으로 다가오지 않는다. 시각화된 사물, 실체가 있는 대상을 제거만 하면, 두통도 금방 극복할 수 있다는 희망이 생긴다. 이때 술이라도 마셨으면 고통을 이겨냈을 텐데, 평생 두통에 시달린 진첨의 사정이 딱할 뿐이다.

그림 5-6 『선불기종仙佛奇蹤』권1에 수록된 동방삭의 모습. 손에 복숭아를 들고 있다. 동방삭이 서왕모가 선계에서 키우는 천도복숭아를 훔쳐먹고 삼천 갑자, 즉 18만 년을 살았다는 설화가 전해진다. 이로부터 동방삭은 장수의 상징이 되었다. 옆에 그려진 기린 역시 신령스러운 동물로 동방삭이 신선으로 숭배되고 있음을 보여준다.

커다란 근심과 우울, 마음의 병은 더욱 거대한 괴물로 표현되기도 한다. 한나라 무제武帝 때 일이었다. 무제가 동쪽으로 순수巡狩하다가 함곡관函谷關을 지나게 되었다. 어떤 이상한 물체가 갑자기 길을 막고 섰는데, 높이는 몇 길이나 되고 모습은 소와 같았다. 빛나는 푸른 눈동자에 네 발이 땅에 박혀 움직이지 않으니 대신들이 모두 깜짝 놀랐다. 그것이 무엇인지 아무도 몰라 당황하고 있는데, 동방삭東方朔이 나섰다. 술을 그 위에다 부으라고 명하여 사람들이 술 수십 섬을 붓자 괴물은 바로 녹아내렸다.

무제가 술을 부은 이유를 묻자 동방삭이 대답하였다.

"이것의 이름은 환患으로 우울한 기운이 만들어낸 괴물입니다. 여기는 분명 진나라 감옥터이거나 아니면 죄인들을 강제 노역으로 동원하였던 곳일 겁니다. 술은 근심을 잊게 할 수 있으니, 그래서 괴물을 녹일 수 있었습니다."

무제가 말하였다.

"아아! 사물에 대해 박식한 선비는 이 정도의 경지에 이르렀구나."(『수신기』권11)

동방삭은 한 무제 시절 문인으로 한국에서는 '삼천갑자동방삭三千甲子東方朔'이라는 말로 유명하다. 삼천갑자 즉 18만 년이나 오래 산 동방삭이라는 뜻으로, 동방삭은 장수하는 사람을 대표하는 인물이 되었다. 동방삭은 유머와 재치, 박학다식으로 유명하여 민간에서는 기이한 설화들이 많이 전해졌다. 괴물의 정체를 아무도 몰랐지만 유일하게 동방삭만이 알았다는 상황은 그의 박학다식함을 돋보이게 하는 설정이다. 괴물을 불에 태우거나 칼이나 도끼로 찍어내는 것이 아니라 술을 부어서 녹인다는 상상력은 왠지 모를 애환이나 슬픔마저 자아낸다.

마침 그곳은 예전에 진나라의 감옥터였다. 진시황이 포악하였다는 것은 역사에서 익히 알려져 있다. 만리장성을 증축하고 아방궁을 축조하면서 많은 백성을 강제 동원하였고, 심지어 불사약을 얻기 위해 서복徐福과 3000명의 동남동녀童男童女를 동해로 보냈으나 이들은 끝내 돌아오지 못하였다. 참으로 잔인한 황제였다. 함곡관에 나타난 괴물은 희생당한 수많은 사람의 근심과 원한, 우울한 마음이 하나로 모여 만들어진 것이었다. 너무 한이 깊어 꼼짝도 할 수 없었지만, 술이 온몸에 흘러내리니 바로 사라졌다. 술은 죽은 자의 원한, 우울한 마음을 달래주고 위로해주는 벗이었다. 적어도 이 순간 동방삭은 원혼을 위로해주는 무당이었다. 술을 마신 원혼들은 조금이나마 위안을 얻을 수 있었을 테다.

근심이나 괴로운 일이 없어도 현실의 무거움에서 잠시 벗어나고 싶을 때가 있다. 그럴 때 엉뚱한 상상을 해본다. 정말로 냉동인간이 되어서 현재의 시간을 유예하고 몇 년 동안 잠들었다가 미래에 깨어나면 좋겠다는 상상이다. 사실 냉동인간에 대한 상상력은 근대에 시작된 것이 아니다. 중산中山 사람 적희狄希는 1000일간 취할 수 있는 천일주天日酒를 만들 줄 알았다. 같은 마을 사람 유현석劉玄石이 적희에게 찾아가 천일주를 맛보게 해달라고 청하였다. 아직 잘 익지 않은 술이지만, 유현석은 적희가 건네준 술 한 잔을 마시고 집으로 돌아왔다. 술에 취해 쓰러졌으나 며칠이 되어도 일어나지 않자 가족들은 유현석이 죽었다고 생각하고 장례를 치렀다.

3년이 지나서 적희는 생각했다.

'지금쯤 유현석이 분명 술에서 깨어났을 테니 가서 안부라도 물어야겠다.'

유현석의 집으로 가서 말하였다.

"현석! 집에 있는가?"

가족들은 모두 괴이하게 여기며 말하였다.

"죽은 지 3년이 지나 이제 상을 마쳤습니다."

적희는 놀라 말했다.

"술이 맛있는 술이라 마시고 1000일간 취해 있는 것입니다. 지금 깰 때가 되었습니다."

가족들에게 무덤을 파고 관을 부수어보라고 하였다. 무덤 위에는 땀 기운이 하늘로 솟구치고 있었다. 무덤을 파헤치니 유현석이 눈을 뜨고 입을 벌려 길게 소리 내면서 말하였다.

"아, 상쾌하다! 내가 취해 있었네."

그러고는 적희에게 물었다.

"술을 대체 어떻게 만든 것인가? 술 한 잔에 크게 취했다가 오늘에야 깼군. 해는 얼마나 높이 뜬 건가?"

무덤가에 있던 사람들이 모두 웃었다. 그때 유현석의 술기운이 사람들의 콧속으로 파고 들어가 모두 석 달 동안 취하여 잠들었다.(『수신기』권19)

무덤 속에서 3년 동안 있었어도 사람이 죽지 않고 살아나는 천일주의 능력은 실로 신비하다. 어쨌든 죽은 줄 알았던 사람이 깨어났고, 유현석의 입에서 나는 술기운을 맡고 가족들이 다시 3개월 동안 취했으니 결말은 행복하게 끝났다. 그동안 가족들의 맘고생은 말할 수 없었겠지만, 정작 본인은 행복하게 취해 있다가 3년을 더 젊게 살 수 있으니 나쁘지 않은 상황이다. 세상만사 복잡하고 힘든 일을 겪고 싶지 않으니 잠시라도 도피하고 싶은 심정은 누구에게나 있다. 술은 근심을 잊게 하고, 취기는 흘러가는 시간을 마음대로 조율한다. 죽음의 시간을 유예하는 냉동인간도 시작은 과학이 아니라 이 같은 황당무계한 상상력이었다.

신화의 시대에 날고 싶은 인간의 욕망은 날개옷을 만들었지만, 그 상상력은 결국 비행기로 이어졌다. 물론 날개옷은 환상이고, 비행기는 현실이고 과학이다. 하지만 상상력은 언제나 현실과 맞닿아 있다. 흔히 SF, 곧 'science fiction'을 공상과학소설이라고 번역해서 부른다. 영어로는 '과학'과 '소설'이라는 두 단어가 조합한 단어인데, 그 앞에 '공상'이라는 단어를 넣어서 번역하였다. 공상은 허황되지만 때로 과학을 더 높은 단계로 이끌어올리는 힘이 된다. 그래서 인간은 다시 꿈을 꾼다. 꿈이 현실이 되기를 바라며 허황된 꿈을 꾸어본다.

공자가 금지하였던 '괴력난신'이 바로 '공상'이다. 믿을 수 없는 이야기지만, 그 안에는 단순히 허황되다는 말로 넘어가기 어려운 내용이 있다. 예를 들어 『박물지』에서는 지구의 축이 서북쪽으로 기울어졌고, 지구가 돌고 있는 사실을 정확하게 말하고 있다. 코페르니쿠스보다 1000여 년이나 앞선 시대다. 단지 지축이 기울어진 이유를 근대과학적으로 설명하지 못했을 뿐이다. 옛날 전욱顓頊과 공공共工

이 싸웠는데, 공공이 싸움에서 지고 화가 나서 부주산不周山을 들이받는 바람에 땅이 서북쪽으로 기울어졌다는 것이다. 비록 신화적 상상력이지만, 이것은 진실이고 과학이며 지식이다. 오랜 시간 축적되어온 경험들이 숫자나 공식이 아니라 '이야기'의 형식을 통해 전해지고 있었다.

오래되었다는 이유로, 황당무계하다는 이유로, 비과학적이고 비이성적이라는 이유로 괴력난신의 이야기들을 버릴 수 없다. 지괴는 어쩌면 그 시대의 SF가 아니었을까. 날개옷을 입고 하늘을 날고, 불에 타지 않는 옷을 입으며, 천일주를 마시고 시간여행을 한다는 황당한 이야기가 비록 헛된 상상에 그치더라도 그것은 인간의 삶을 더 윤택하고 풍부하게 만들고자 하였던 생각에서 나왔다. 이야기는 삶의 다양한 경험들을 끌어안고, 인간에게 지혜를 부여한다. 놀랍고 기이한 사건들을 통해 인간은 다시 우주의 진실을 되돌아보게 된다. 그러니 꿈을 꾸는 것을 멈출 수가 없다. 더욱 인간답게 살아가기 위해 더 많은 꿈을 꿀 필요가 있다.

세상에는 그 어떤 것도 이상하지 않다

인간이 가보지 못한 세상의 끝, 온갖 기이한 존재들이 살아 움직이는 『산해경』을 읽다보면, 신기하게도 '나'라는 존재의 의미를 한번쯤 되새기게 된다. 도대체 이 광활한 우주에는 얼마나 신비하고 기이한 일들이 많이 일어나고 있는가? 인간이 우주의 그 모든 것을 어떻게 다 알 수 있다는 말인가? 그 거대함 속에서 나는 얼마나 작고 미약한 존재인가? 『산해경』을 읽는 즐거움은 이처럼 뜻밖에 나를 돌아보고 반성하는 계기가 된다.

진晉나라의 문인 곽박郭璞도 『산해경』을 읽고 이와 비슷한 생각을 했다. 『산해경』에 주를 달고 「주산해경서注山海經敍」라는 서문을 쓰면서 서두에 "사람이 아는 것은 알지 못하는 것만 못하다(人之所知, 莫若其所不知)"라고 한 장자의 말을 인용하였다. 지성을 소유한 인간이 우주의 모든 신비는 무엇이든 다 밝혀낼 수 있을 것 같지만, 인간이 모르는 세상의 진실이 더 많음을 장자는 이미 알고 있었다. 곽박은 『산해경』을 읽으면서 장자의 뜻을 이해하게 되었다고 밝히고 있다.

곽박은 우주를 여러 기와 힘들이 어지럽게 생겼다가 사라지는 광활한 공간으로 보았다. 음양이 조화를 이루며 끊임없이 갈마들고, 정기들이 뒤섞여 서로 거세게 부딪치며, 떠도는 영혼과 요괴가 사물과 접촉하여 형체를 이루는 곳이 우주라고 하였다. 곽박이 바라본 우주는 에너지들이 흘러넘쳐 시끌벅적하고, 어떤 일이든 일어날 수 있는 공간이며, 인간이 호기심 가득한 시선으로 바라보는 곳이었다. 영화 〈그래비티Gravity〉에서 우주를 중력도 없고 소리도 없는, 평화로우면서도 고독과 공포감이 가득한 공간으로 그려낸 것과는 사뭇 다르다.

정기들이 뒤섞이며 여러 형태의 영혼으로 살아나 움직이는 곳 우주에는 어떤 신비한 생명체도 생길 수 있고, 어떤 불가사의한 일도 일어날 수 있다. 그렇기에 곽박은 『산해경』에서 묘사된 기이한 괴물이나 사건들은 그리 특별하거나 이상하지 않다고 말한다. 인간은 언제 어디서든 낯선 존재들과 마주칠 수 있다. 단지 몰랐다는 이유로, 처음 봤다는 이유로 낯선 존재들을 불안하고 불쾌한 시선으로 바라볼 필요가 없다고 당부한다.

세상이 이상하다고 하는 것은 그것이 왜 이상한지 모르겠고, 세상이 이상하지 않다고 하는 것은 그것이 왜 이상하지 않은지 모르겠다. 왜 그런가? 사물은 원래부터 이상한 것이 아니라, 내가 이상하게 봐서 이상한 것이다. 이상함은 나에게 있지 사물에 있지 않다.(「주산해경서」)

세상 사람들이 '이것은 이상하지 않다', '저것은 정상이다'라고 쉽게 말하지만, 그것이 이상하지 않고 정상이라고 말할 수 있는 근거는 어디에 있는가. 반대로 '이것은 이상하다', '저것은 정상적이지 않다'라고 비난하지만, 그것이 이상하고 정상적이지 않다고 주장할 수 있는 근거는 절대적인 것인가. 우리는 늘 자신을 중심으로 세상을 바라본다. '나'를 기준으로 세상을 바라보면 자연스럽게 편견이 생길 수밖에 없다. 자신이 정한 기준에서 벗어나면 이상하고 비정상적인 것이 된다. 편견은 한순간 나로부터 시작된다.

곽박은 그 편견을 여지없이 부수며 말한다. 우리에게는 '이상하다' 혹은 '이상하지 않다'라고 판단하고 평가할 수 있는 근거가 없다. 모든 것은 상대적이다. 세상을 이상하게 바라보는 사람이 문제지 처음부터 존재 자체가 이상한 것은 아니다. 모든 존재는 존재할 만한 가치를 지니고 있고, 세상에는 있으면 안 되는 존재란 없다. 하지만 인간은 낯설다는 이유로, 잘 알지 못한다는 이유로 타자와 거리를 두고 심지어 배척하려고 한다. 그래서 곽박은 편견을 없애기 위해 더 많은 책을 읽고, 세상의 진실에 대해 마음을 열어야 한다고 말한다. 『산해경』을 읽어야 하는 이유도 여기에 있다.

동진東晉의 유명한 문인 도연명陶淵明도 이와 같은 마음이었다. 도연명은 진나라와 송나라의 왕조 교체기를 보낸 인물이다. 당시는 정치적 혼란과 이민족의 침략, 농민들의 봉기 그리고 자연재해까지 너무나 많은 사건 사고들이 일어나는 어지러운 시대였다. 더욱이 위진 남북조시대는 능력보다는 문벌을 중시하는 귀족 중심 사회였다. 도연명은 몇 차례 벼슬길에 오르긴 했지만, 곧은 성격 때문에 혼탁한 세상과 뒤섞일 수 없다며 전원으로 물러났다. 가세가 기울어 힘든 생활을 했지만, 전원에서 은거하며 소박한 삶을 살았다.

전원으로 돌아간 후에는 장자의 도가 사상에 심취하였고, 도를 추구하는 삶이 그의 전원시에 묻어났다. 그중 하나가 「산해경을 읽고 讀山海經」라는 시로 도연명은 『산해경』을 읽으며 마음의 위안을 얻었다. 첫 번째 수는 다음과 같다.

초여름이라 풀과 나무 자라고 집을 둘러싼 나무들 무성해지네.

뭇 새 깃들 곳 찾아 즐거워하고 나 또한 내 오두막집이 좋네.

이미 밭 갈고 씨도 뿌리고는 때때로 돌아와 책 읽는다.

외진 곳이라 깊은 수레 자국 날 리 없고

친한 벗들 탄 수레도 번번이 돌아가네.

즐겁게 봄 술 따르고자 우리 집 밭 채소 뜯는다.

가랑비 동쪽에서 내리고 좋은 바람도 같이 불어오는데

주나라 왕 이야기 쭉 살펴보고 산해경 그림을 두루 보네.

눈 깜짝할 새 우주를 다 훑어보니 즐겁지 않으면 또 어찌할 것인가?

초여름 초록빛이 한창인 나날이다. 마침 가랑비가 내리고 훈훈한 바람이 불어오는데, 농사일이 끝나면 집으로 돌아와 책을 읽는다. 북적이는 속세로부터 멀리 떨어진 시골이라 바퀴 자국이 깊이 날 정도로 크고 화려한 수레를 타고 높으신 분들이 찾아올 일 없고, 친한 벗들도 찾아오다 수레를 돌려갈 정도다. 가난하여 고기 안주는 아예 생각도 못하고, 그저 텃밭에서 딴 채소를 안주 삼아 술을 마신다. 여러 책을 읽다가 간간이 주나라 목왕이 서왕모를 만나는『목천자전』이나 괴상한 그림이 그려진『산해경』을 읽는다. 첫 번째 시의 내용은 이렇게 담백하게 전원생활을 노래하고 있다.

쌀 다섯 말 때문에 허리를 굽힐 수 없다며 관직을 버리고 고향으로 돌아왔지만, 도연명이라고 왜 출세하고 이름을 날리고 싶지 않았겠는가. 그럴 수 없는 세상에서 물러나 인간의 도리는 지키며 살아야겠다는 마음에 전원에 묻혀 살았다. 하지만 전원에서 살면서도 마음 한구석에는 외로움이 있었다. 그런 도연명에게『산해경』의 기괴한 그림들이 위안을 주었다. 세상에는 정말로 알 수 없는 기이한 존재가 이리도 많고, 신비한 사건들이 계속 일어난다고 생각하면, 지금 내가 처해 있는 상황은 아무것도 아니게 느껴진다.『산해경』이라도 보며 위안을 얻고, 또 내일을 즐겁게 살아보려는 마음이었다.

포송령의 상황도 그랬다. 누구보다 학문이 깊고 뛰어난 글재주를 지녔으나 과거에 늘 낙방하였다. 아무도 자신을 알아주는 사람 없는 우울한 세상에 포송령이 정을 붙인 유일한 대상은 귀신 이야기였다.

전통 시기에 소설은 대아지당大雅之堂에 오를 수 없는 저급한 장르였고, 사대부들이 무시하고 배척하는 글쓰기였다. 과거에 계속 떨어지고 뜻을 펼칠 수 없어 우울해진 마음을 귀신 이야기에 의지한 포송령은 『요재지이』를 쓰면서도 끊임없이 자신을 질책하고 부정하려고 애썼다. 하지만 인간보다 더 인간적인 귀신 이야기는 병든 마음을 치유하는 유일한 해결책이었음을 포송령 자신이 더 잘 알고 있었다.

괴이하고 믿을 수 없는 존재에 관한 이야기, 흔히 귀신 이야기나 괴담은 소비적인 오락물 정도라고만 알고 있다. 황당무계하고 비현실적인 이야기는 가볍게 읽고 마는 문학, 문학성이 떨어지는 읽을거리 정도로 받아들여지고 있다. 하지만 이러한 장르가 여전히 쓰이고 읽히고 있는 데에는 문화사적·심리학적 접근이 필요하다. 그것은 근원적으로 인간의 욕망과 연결되어 있다. 인간 내면에는 너무도 다양한 감정들이 얽혀 있어 기쁨과 슬픔, 감동 등과 마찬가지로 공포, 기괴함, 섬뜩함 등의 감정들을 즐기고 싶은 욕망이 존재한다. 이질적인 존재를 바라보며 느끼는 불안과 놀람, 전율은 때로 하나의 미적 체험이 되고 카타르시스를 불러온다.

곽박이나 도연명, 포송령 등이 괴물이나 귀신 이야기에 마음을 두었던 것도 카타르시스를 통해 외로움과 온갖 부정적 감정의 찌꺼기를 배설하고자 하였기 때문이다. 귀신, 유령, 도깨비, 정령 등 대상이 무엇이라도 상관없다. 우리의 상상력 속에서 살아 움직이는 타자적 존재들은 그 자체만으로도 얼마나 매혹적인가. 평범한 일상으로부터 탈출을 동경하고, 인간 세상과 다른 세계를 엿보고 싶은 것은 욕망이자 본능이다. 우리를 꿈꾸게 하는 『수신기』의 몽환적 이야기는 그래서 더욱 매혹적이다. 불안하고 삭막한 근대 사회에서 우리가 『수신기』를 찾아 읽는 즐거움도 바로 여기에 있을 것이다.

『수신기』라는 제목의 의미로 다시 돌아가보자. '신神'을 '모아들여[搜]' '기록한[記]' 서적이라는 뜻이다. 지금까지 두루 살펴봤듯이 『수신기』에서 '신'이라는 개념이 가진 스펙트럼은 매우 광범위하다. 위대하고 신성한 신에서부터 유유자적 살아가는 신선, 영험한 능력을 지닌 인간, 세상을 떠돌아다니는 귀신, 변신하는 동물, 요괴가 깃든 사물 등에 이르기까지 이 모든 것이 신의 영역에 속한다. 새삼 드라마 〈도깨비〉에서 나비의 모습으로 나타난 신을 봤다는 도깨비 말에 툴툴댔던 저승사자의 대사가 떠오른다.

꼭 이런 식이지. 지나가는 나비 한 마리도 함부로 못 하게.

나를 둘러싼 세상은 모두 소중하고 신비롭다. 나비 한 마리, 풀 한 포기, 돌 하나도 함부로 다룰 수 없다. 어쩌다가 실수로 죽인 벌레 한 마리가 신이 변신한 존재일 수도 있지 않겠나. 그러니 세상 모든 존재를 신비롭게 바라보고 소중하게 다루며 서로 공감하고 소통하며 살아갈 일이다. 아무런 의미도 없을 것 같은 귀신 이야기가 편견에서 벗어나고, 타자를 끌어안으며, 조화와 공유의 사유로 살아가라고 우리에게 조용히 권한다. 그것은 스스로 외로움과 쓸쓸함을 치유하는 길이고, 진정 고독을 즐기는 방법이 된다. 빠른 속도에 취해 뭐든지 빨리 만들고 낡은 것을 폐기하는 일이 미덕이 된 세상에 오래된 사물에 깃드는 요괴 이야기가 이토록 정겹게 다가오는 까닭이다.

세상의 모든 소외된 존재를 위하여

그저 평범하게 성장하여 사람들과 대충 잘 어울려 사는 사람이었
건만, 언제부터인가 이방인이라는 생각이 늘 머릿속에서 떠나지 않
았다. 나 스스로 내 삶에서조차 이방인이 되어가고 있다는 느낌이
들었다. 그러다 보니 자연스럽게 세상에서 소외되고 버려지는 존재
나 현상에 관해 관심을 두게 되었다. 대학원 석사 과정에 진학하며
『수신기』와 지괴 장르에 눈길이 간 것도 지금 생각해보면 소외된 것
들에 대한 애잔한 마음에서 시작된 것은 아닌가 하고 생각해본다.

　소설은 시나 사, 산문처럼 정통문학의 영역에 속하지 못하였고,
저급 장르 소설 중에서도 『수신기』나 지괴는 비주류에 속하는 연구
주제였다. 학자들이 거의 관심을 가지지 않았고, 참고할 만한 자료
들이 많지 않은 상황에서 지괴를 연구하기 시작하였다. 소외된 연구
주제지만 지괴를 연구하는 과정은 꽤 즐거웠다. 죽음에 대한 인식이
어떻게 묘사되었고, 우주와 세상, 자연을 이해하는 방식에는 어떠한
특징이 있는지 동아시아인으로서 전통문학과 문화를 연구하는 일

에 자부심도 생겼다.

그러한 과정을 따라가다 보니 결국 마주치는 것이 '귀신 이야기'였다. 하필 하찮아 보이는 귀신 이야기라니. 학계의 사정을 잘 모르는 사람들에게 귀신 이야기를 전공으로 한다는 말을 하기가 참 쑥스러울 때도 있었다. 전공을 듣고 난 사람들은 대부분 피식 웃곤 하였다. 하지만 이방인이면서 타자이면서 소외된 존재인 귀신은 궁극적으로 죽음에 대한 인식과 연결된다. 이 때문에 귀신 이야기는 적어도 잠깐 즐겁고 재미있는 이야기가 아니라 다양한 문화적·종교적·민속적 맥락을 통해 이해할 필요가 있다.

이 책은 그런 의도에서 써진 것이다. 일본 괴담처럼 소름 끼치고 섬뜩한 이야기를 기대하는 독자라면 약간 실망할 수도 있겠다. 공포보다는 연민의 시선으로, 자극보다는 따뜻한 마음으로 귀신을 바라보고 타자의 세계를 설명하려고 노력하였다. 조금은 담백하고 심심하게 옛 선조들이 죽음과 시간을 어떻게 받아들이고 상상하였는지 탐색해나가다 보면, 고전이 가진 고유한 매력을 느낄 수 있다. 또 마법사나 요정, 초능력 같은 화려한 판타지는 아니지만, 고대 동아시아 사유에 기반한 상상력과 환상성의 진가를 엿볼 수 있다.

『수신기』는 총 20권으로 구성되어 있다. 간보는 신과 신선에서부터 인간의 문제, 사회현상, 동물, 나무, 사물 등에 이르기까지 세심하게 분류하여 이야기들을 수록하였다. 이 책은 『수신기』의 편찬 의도에 따라 신, 인간, 귀신, 동물, 벌레와 사물 등으로 구분하여 설명하였고, 출처를 특별하게 밝히지 않은 이야기들은 모두 『수신기』에서 찾아볼 수 있다. 이 책을 통해 『수신기』를 비롯하여 중국 고전에 대한 독자들의 관심이 높아지기를 기대해본다. 원고 한 챕터씩 쓸 때마다 글을 함께 읽어주고 옆에서 응원해주신 박윤선 편집주간님과 뿌리와이파리 편집부에 감사의 마음을 전한다.

2022년 깊어가는 가을 10월

김지선 씀

수신기, 괴담의 문화사

2022년 11월 10일 초판 1쇄 찍음
2022년 11월 25일 초판 1쇄 펴냄

지은이 김지선

펴낸이 정종주
주간 박윤선
편집 박소진 김신일
마케팅 김창덕

펴낸곳 도서출판 뿌리와이파리
등록번호 제10-2201호(2001년 8월 21일)
주소 서울시 마포구 월드컵로 128-4(월드빌딩 2층)
전화 02)324-2142~3
전송 02)324-2150
전자우편 puripari@hanmail.net

디자인 가필드
종이 화인페이퍼
인쇄·제본 영신사
라미네이팅 금성산업

값 13,000원
ISBN 978-89-6462-185-1 (03820)